KB178725

ISTJ의
나 혼자 여행기

ISTJ의 나 혼자 여행기

It's Show Time Just

안연수 지음

좋은땅

책을 펴낸 이유

여행에 도전하고 싶은 사람들을 위해 혼자 경험했던 것을 나누고 싶습니다. 영상과 사진으로 많은 것을 남기지 못한 아쉬움을 책으로 남깁니다.

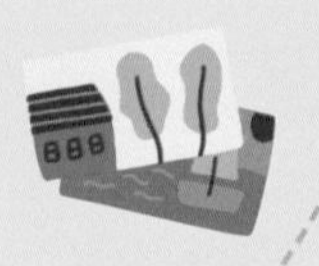

목차

여행을 가게 된 계기

여행지에서 일어난 일

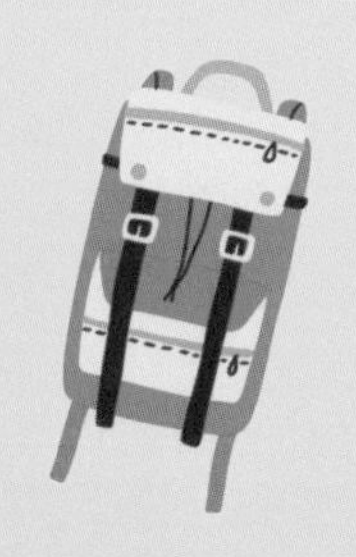

3. 프라하 여행 ··· 030

4. 유럽 여행 ··· 051

여행을 가게 된 계기

1

20대의 추억을 만들러 가다

내 나이 31살 빠른 93년생이다. 초·중·고, 대학교를 지나고 보니 나에게 투자하는 시간이었고 나를 위한 시간이 없었다. 대학교 졸업과 동시에 취직을 바로 하다 보니 돈은 가졌지만 시간을 갖지 못했다.

'대학교 때 놀지 왜 못 놀았나요?'

난 어린이집 교사다 전문 대학교를 다녔기 때문에 방학이면 실습을 다녔다.

'졸업하고 취직하기 전에 조금 시간을 가지고 놀지 그랬어요.'

졸업도 하기 전에 취직을 했다. 대학교는 2월에 졸업을 하면 끝이지만 원에서는 2월에 새 학기를 준비한다.

'방학이 있잖아요. 방학 기간 동안 여행 다니지 그랬어요.'

그건 어린이집 상황을 모르고 하는 말이다. 당직이 있고 교육이 있고 방학은 짧다. 그러므로 해외여행은 꿈도 못 꾼다.

10대에는 학창 시절 추억에 대해 말하고 싶었다. 학창 시절은 시간과 돈을 투자하지 않아도 일부러 만들지 않아도 저절로 추억이 만들어졌다.

20대에는 해외여행에 대한 추억을 말하고 싶었다.

해외여행은 투자를 하고 직접 가야 추억으로 만들어진다.

나이는 점점 20대 후반으로 가고 28살, 나는 그렇게 6년간 다니던 직장을 그만두고 1년 동안 해외로 추억을 만들러 갔다.

2

여행 시작 방법

내가 가고 싶었던 나라들을 적어 보고 가고 싶은 달을 정해 보았다. 첫 번째로 비행기 티켓부터 달마다 기간에 맞춰서 끊었다. 비행기 티켓을 끊어야 여행이 시작된다는 생각이 들어 비행기 표 구매를 기준으로 하나하나 여행을 계획하고 진행하였다.

여행을 계획할 때는 J 성향이 강한 계획형 인간이다.

비행기 티켓을 구매한 시점부터 숙박과 이동 경로를 날짜와 시간에 맞춰 하나하나 쪼개면서 계획을 하였다.

모든 자료는 미리 프린트해 두고 수첩에 적어 두었다. 관광지 가는 방법을 모르는 곳은 구글 지도를 통해 예습하고 사진을 찍어서 동선표에 같이 넣어 두었다. 프린트한 종이를 혹시 잃어버리게 되는 상황을 대비해 핸드폰에 미리 사진으로 찍어서 저장해 두고 핸드폰 사용이 안 될 상황도 대비해서 수첩에도 적어 두었다.

3

이기적인 영어

해외여행 초짜인 나에게 '영어는 잘하나 보네요.'라고 질문한다면, 내가 영어를 잘한다면 이 책은 나올 수 없었을 것이다.

듣기는 들리는 단어 몇 개만 알아듣는 수준이다. 말하기는 듣는 상대방은 배려하지 않은 내가 하고 싶은 말만 내뱉고 문장과 단어를 배려하지 않은 이기적인 방식이다. 읽기는 내가 아는 단어를 조합하여 추측하면서 읽는다. 쓰기는 평소에 한국어를 쓰지 영어 쓸 일이 없다.

이런 내가 캐리어와 가방을 챙겨 해외여행을 혼자 떠난다.

여행지에서 일어난 일

1. 일본 여행

4박 5일 (2019년 3월 25일~29일)

D-1

캐리어 안에 짐을 확인하고 여행 동안 필요한 티켓을 확인하고 돈을 확인하고 캐리어를 잠그고 다시금 여권을 확인한다. 처음 혼자 가는 해외여행인 만큼 확인을 반복하며 준비를 했다.

1-1

입국 신고서 작성하다

혼자 가는 첫 해외여행인 만큼 경험 삼아 가 보자라고 결정한 나라가 일본이다. 출국 전 공항에 최소 2시간 안에 도착해야 체크인을 하고 탑승 수속을 할 수 있다고 들었다.

나는 설레는 마음에 4시간 전에 도착을 했다. 한쪽 의자에 앉아 캐리어를 끌고 여행 떠나기 위해 분주한 사람들을 구경했다. 일찍 도착한 만큼 출국을 위한 대기 줄도 빨리 서서 첫 번째로 들어갔다.

비행기 안은 대부분 일본인이었는데 이게 문제였다.

체크인할 때

"창가 쪽 자리와 복도 쪽 자리 있는데 어디로 해 드릴까요?"

'일본은 금방 가고 첫 해외여행이니깐 비행기 밖 구름 구경하면서 가야지.'

"창가 쪽 자리로 해 주세요."

창가로 예매하고 봤더니 비행기 좌석은 3-3 구조였다. 비행 중 방송으로 세관 신고서 작성에 대한 안내가 나와 승무원이 주는 종이를 받았더니 일본어로 적힌 세관 신고서였다.

'어? 잠깐만요. 이거 일본어에요. 한국어로 주세요. 그리고 입국 신고서 주세요.'

밖으로 내뱉지 못한 말이다.

창문 쪽 자리에 앉아 있기에 내 이야기를 들어 줄 사람은 아무도 없었다. 내 주변이 다 일본인이다 보니 승무원이 자연스럽게 나도 일본인인 줄 알고 일본어로 된 세관 신고서 준 것이었다.

'내가 필요한건 입국 신고서인데 세관 신고할 내용도 없는데.'

승무원이 지나갈 때 손가락으로 네모 모양을 만들면서

"종이 주세요."

내가 창가 쪽에 있었고 옆에 사람들 이야기 소리와 비행기 소리에 승무원은 잘못 들었는지 물품 주문하는 책자 말하는 줄 알고 승무원은 친절하게 앞주머니에 있다고 하였다.

'요즘은 비행기 좌석에 미리 준비하나 보네.'

이해 못한 나는 열심히 찾아보았지만 없었다.

'당연히 없지 찾아본 내가 바보지.'

다시금 입국 신고서를 받기 위해 승무원과 눈을 맞추려고 노력했지만 비행기가 흔들려서 승무원은 기내 서비스를 종료하고 몇 명만 돌아다녔다.

기내에서 작성하고 싶은 마음이 있었고 조금 있으면 도착은 하고 초조해진 마음에 가방에서 종이와 펜을 꺼내 적어 보았다.

'입국 신고서는 기내에서 안 주나요?'

이렇게 적고 기다리다 승무원이 지나갈 때 재빨리 손을 들고 종이를 내밀었더니 승무원은 “아 잠시만요.” 하고는 드디어 한글이 적힌 세관 신고서와 입국 신고서를 받을 수 있었다.

1-2

역 이름만 알면 걱정 없다

오늘은 교토에서 하루를 보내기로 한 날이다. 오사카 숙소에서 교토로 가기 위해 아침 일찍 일정을 시작하였다. 교토는 뭔가 우리나라 전주 한옥 마을 아니면 한국 민속촌 느낌이었다. 교토 버스 원 데이를 끊어서 버스를 타면서 교토 이곳저곳을 돌아다녔다.

버스를 기다리고 있는데 버스 정류장에서 어떤 아저씨가 "킨카쿠지, 킨카쿠지 어디야."라고 버스 정류장 이름만 반복하며 길을 묻는다.

'어? 한국 사람이다.'

킨카쿠지를 외치던 아저씨는 길을 묻는 사람들마다 일본인이었는지 서로 의사소통에 문제가 있어 보였다. 열심히 설명하는 일본인에 아저씨는 듣는 척하다가 잘 안되자 갑자기 내가 서 있는 쪽으로 왔다.

"킨카쿠지?"

"저 한국 사람인데."

"아 한국 사람이에요? 여기 정류장을 어떻게 가야 되는지 알아요?"

아저씨가 가고 싶은 곳은 내가 방금 갔다 왔던 곳이라 어렵지 않게 가는 방법을 설명해 주었다.

"고마워요. 한국인을 만나서 다행이에요."

인사를 하고 바로 버스를 타고 떠나는 아저씨였다.

나는 일본 여행에서 안 물어보고 잘 다녔지만 가끔 전철이 복잡해서 길을 물어볼 때 "스미마셍. 유니버설 스테이션." 역 이름만 당당히 외치니 해결은 됐다. 그렇다. 나도 똑같이 역 이름만 외치고 다녔다.

여행 기간 : 4박 5일

여행 경비 : 약 100만 원

비행기 값 : 저가 항공, 왕복 15만 원

숙박비 : 호텔 4박 35만 원

개인 지출 : 약 50만 원(입장권과 교통비 포함.)

2. 홍콩 여행

3박 4일(2019년 4월 4일~7일)

D-1

짐을 챙기고 계속 검색을 했다. 여기가 맞는지, 저기는 맞는지 검색을 하면서 계속 확인을 했다.

친구랑 가서 그런지 혼자 여행을 준비할 때의 기분과 달랐다.

2-1

친구와 가는 첫 해외여행

혼자 가는 첫 해외여행을 성공한 후 친구와 함께 가는 해외여행의 목적지로 결정한 나라는 홍콩이다. 나는 일 년 동안 놀아서 시간이 남아 멀리 갈 수 있지만 친구는 일을 하기에 길지도 짧지도 않고 적당하게 갈 수 있는 나라가 홍콩이었다.

친구와 머물기로 한 호텔은 접근성이 좋고 가격 대비도 괜찮았으나 문제가 하나 있었다. 침대가 퀸 사이즈로 하나였다.

"퀸 침대니깐 한 번 같이 자 보자."

이런 생각으로 예약했지만 홍콩으로 가는 비행기 안에서 "퀸 침대 하나 있는데 바꿀 수 있으면 돈을 지불해서라도 두 개로 바꾸는 게 편하겠지?"라고 친구에게 물었다.

친구도 좋다고 하여 그때부터 퀸 침대 하나 있는 방 말고 침대 두 개 있는 방으로 바꾸기 위한 회화 연습을 계속했다. 영어로 연습했는데 어렵지 않았다.

"two beds please."

이렇게 수많은 연습을 하고 체크인할 때 직원이

"passport please."

"야쓰"

영어를 듣고 호기롭게 리액션하면서 여권을 줬는데

"3박 머무는 거 맞으시죠?"

반가운 한국말에 순간 내가 잘못 들은 줄 알고 직원을 쳐다봤더니 한국 직원의 명찰이 보였다. 나는 그저 "two beds please." 이 말을 하기 위해 계속 속으로 되뇌였고 그 탓에 한국 직원의 명찰을 보지 못한 것이었다. 반가운 마음과 함께 저 영단어를 자신 있게 말하기 위해 내가 야쓰라고 한 영어 단어가 민망해졌다. 한국 직원 덕분에 편하게 침대 두 개가 있는 방으로 변경하고 체크인을 할 수 있었다.

2-2

나는 한국인이다

오늘은 침사추이에 가서 사진을 엄청 찍었다. 여행 분위기도 나고 해외 느낌이 물씬 들었다. 몽콩역에 가는데 그 안에 있는 시장 상인들은 관광객 상대로 장사를 한다. 사고 싶은 물건은 없었고 한 상점 앞에서 눈으로만 보고 있었는데 갑자기 장사꾼이 나오더니

"fifty."

50달러 외치길래 이 물건이 그만큼에 값어치는 없어 보이는데 잘못 들은 줄 알고 "에?" 한국어로 한 번 물었더니 갑자기 상인은 아무렇지도 않게 "thirty."로 내려간다.

내가 처음에 들었던 50이 맞나 보다 그래서 나는 "twenty."를 외쳤더니 고개를 흔들면서

"twenty-five."

"no, no."

하고 가려니깐 갑자기 한국말로 "언니, 언니 텐텐."을 외치면서 나의

손을 붙잡는다. 50에서 10으로 줄다니 장사꾼들 얄미워서 결국 안 샀다.

하루 알차게 여행을 즐기고 트램을 타고 숙소로 돌아가는 길이였다. 앉을 자리가 없어서 친구랑 서서 가고 있었다. 한 자리가 생겨서 친구가 먼저 앉고 나는 서서 친구랑 이야기하고 있었는데 뒤쪽에 한 여성분이 자리에서 일어났다. 친구가 그걸 보고 저기 자리에 앉으라고 해서 나는 그 자리에 앉으려고 했는데 의자 옆에 물건이 있었다. 여성은 이미 트램에 내려서 길을 건너고 있었다.

나는 당연히 앉아 있던 여성의 물건인 줄 알고 물건을 들면서 트램 창문을 열고

"저기요. 아니 Hey!"

다급하게 한국말이 먼저 나왔고 그러다가 나름 영어로 자신 있게 외쳤지만 여성분이 뒤돌아보면서 하는 말이

"제거 아니에요."

도도하게 말하는 한국인이었다.

2-3 여행 경비

여행 기간 : 3박 4일

여행 경비 : 약 100만 원

비행기 값 : 저가 항공, 왕복(2인 기준) 50만 원

숙박비 : 호텔 3박 65만 원

개인 지출 : 약 40만 원(입장권과 교통비 포함.)

3. 프라하 여행

7박 9일(2019년 4월 16~23일)

D-1

내가 해외여행 중 제일 가 보고 싶었던 도시는 프라하다. 유럽의 여러 나라를 여행할 때 일정에 껴서 갈 수도 있지만 다양한 나라를 한꺼번에 가는 일정은 그만큼 한 곳에 오래 머물기 힘들다. 유럽에 가는 것이 처음이기도 하고 프라하가 어떤 도시인지 경험하기 위해 단독 여행을 하기로 했다.

소매치기를 안 당하기 위해 비싼 가방도 사고 핸드폰을 최대한 안 보고 자연스럽게 다니려고 여러 정보를 찾았다. 며칠 전부터 짐을 챙겼다가 풀었다가 확인하고 다시 짐을 챙기기를 반복했다. 이렇게 검색하고 정보를 찾다 보니 프라하 여행은 여행자 보험이 있어야 한다는 것을 알게 되었다. 불시에 검사를 하는데 여행자 보험이 없으면 벌금인가 불이익인가 이런 게 있다고 해서 급하게 여행자 보험도 가입하였다.

3-1

영어는 어려워 우여곡절 입국기 1

비행 시간만 12시간 정도였다. 직항이 아니고 경유라서 거의 16시간 동안의 프라하 이동 대장정이다. 내가 타고 가는 외국 비행기의 뒤쪽에는 셀프 간식 서비스가 있다고 해서 일부로 뒤쪽 통로에 앉았다.

내가 앉은 뒤쪽에는 할아버지 할머니 단체 패키지 팀들이 있었다. 비행기 안에 있는 스크린으로 영화 한 편 보고 게임 하고 있었는데 갑자기 스크린이 작동이 안 된다. 리모컨이 고장 나서 그런가 해서 스크린 쪽을 눌렀지만 먹히질 않았다. 9시간 30분 동안 가야 되는데 이륙하고 1시간 30분은 신나게 되더니만 갑자기 안 되는 것이었다. 이대로 남은 7시간을 아무것도 하지 않고 가는 것은 끔찍했다.

상황이 더 안 좋았던 건 내가 탄 비행기는 외국 비행기라 한국인 승무원이 없었다.

'지금만 잠깐 안 되는 걸 거야. 잠자고 일어나면 되겠지.'

잠시 눈을 붙이려 했지만 잠이 오지 않았다.

'뒤쪽에 공간이 있으니깐 한 번 가 볼까.'

자리에서 일어나서 뒤쪽으로 갔지만 자연스럽게 자리로 돌아와서 앉게 되었다. 뒤쪽에는 패키지 팀의 할머니, 할아버지들이 이미 점령을 하고 있었다. 열심히 간식 먹으면서 다리 풀고 운동을 하거나 수다를 떨고 계셔서 내가 있기에는 민망했다. 자리에 앉아서 짐 가방을 꼼지락거렸지만 시간이 가지 않았다. 결단을 내려야 할 순간이 왔다.

'영어로 도움을 요청하면 되는데 어떻게 이야기해야 할까'

승무원이 지나갈 때 손을 조심히 들고 딱 한 단어 이야기했다.

"no touch."

스크린을 계속 터치하면서 안 된다는 것을 어필했다. 승무원은 나의 말과 행동을 보더니 스크린을 만져 보고 "ok" 하고 가 버렸다. 접수가 되었구나 생각을 하고 있었는데 나와 이야기한 승무원은 앞치마를 두르고 음료 서비스를 하는 것이었다.

'까먹지 않았겠지? 음료 주고 다시 보러 오겠지?'

음료수를 받고 음료를 먹으면서 승무원을 계속 주시했지만 아까 날 봐 주던 승무원은 앞쪽으로 사라지더니 바로 돌아오지 않았다. 이대로 기다리면 안 될 거 같아서 다른 승무원이 지나갈 때 다시금 손을 살포시 들고

"screen no touch."

다시 한번 어필을 하였다. 다른 승무원이지만 아까처럼 똑같이 나의 말과 행동을 보더니 자신도 스크린을 만져 보고 "ok" 하고 가 버렸다. 두 번째 접수에 스크린이 터치가 안 된 지 30분이 지났는데 계속 작동은 안 되고 답변도 오지 않았다. 승무원들이 돌아다니지 않으니깐 답답함을

참지 못하고 나는 안 되겠다 싶어 자리에 일어나서 뒷자리 승무원들이 쉬는 곳으로 갔다. 작은 커튼을 살짝 열면서 내가 하고 싶은 단어를 전했다.

"excuse me. my seat no screen."

최대한 착한 목소리로 웃으면서 이야기했다. 거기에는 내가 아까 접수한 두 명의 승무원도 있었다. 그러더니 자기네들끼리 막 영어로 주고받더니 나한테 돌아오는 말은 지금 그쪽 뒤 라인이 다 안 된다고 한다. 그렇다 나의 접수는 되지도 않았다.

내 뒤쪽 라인은 할아버지 할머니로 구성된 패키지 팀이라서 스크린에는 관심이 없고 잠을 청하거나 뒤에서 돌아다니면서 운동을 하고 계셨기에 나만 혼자서 애타게 기다리고 있었던 거였다. 난 남은 7시간을 자고 일어나고 돌아다니고를 반복하다다가 내리기 1시간 전에 다시금 작동되는 스크린을 보게 되었다.

3-2

영어는 어려워 우여곡절 입국기 2

프라하로 가기 위한 경유지에 도착했다. 대부분 경유면 그냥 환승 개념으로 그 안에서 이동하는 거라고 생각했는데 헬싱키 경유지에서는 다시 검사하고 도장 찍고 내가 지금 환승을 하는 건지 아니면 입국을 하는 건지 헷갈렸다. 그때 한국인 패키지 팀들이 내 옆을 지나가면서 움직이고 있었다. 가이드가 팀원들한테 하는 말을 들으면서 이해를 했고 나 또한 하나의 패키지 팀원처럼 융화되어 편하게 움직였다. 프라하행 비행기 시간을 기다리면서 배가 고파 버거킹에 갔다.

'유로는 없고 체코 돈밖에 없으니깐 카드로 결제해야겠다.'

카드를 손에 들고 줄을 기다리고 드디어 내 차례가 돼서 자신 있게

"후퍼 버거 원."

당연히 못 알아들어서 나는 손가락으로 그림을 가리키면서

"one take out."

이랬더니 알아들으셨다.

바디랭귀지가 제일 편하다. 카드 결제를 위해 직원이 카드기에 넣으래서 넣었는데 햄버거를 가지러 가셨다. 근데 카드기 계산이 내가 하는 거라 카드기에 'ok, cancel' 이렇게 나와서 당당하게 오케이 눌렀더니 wait가 떠서 기다렸다. 한국에서는 잠시 기다려 주세요 하고 처리되면 빼니깐 난 당연히 카드를 빼고서 햄버거를 받으려 했다.

근데 직원이 카드를 넣으라 해서

'나는 카드 결제했어요.'

라는 말을 하고 싶으면서 입 밖으로 나온 건

"nono card check."

손짓으로 거부하면서 했다고 하니깐 직원은 아니라고 했다.

나는 영어도 가뜩이나 안 통하는데 혹시 카드 두 번 결제되면 어떻게 하나 초조한 상황이었다.

그때 처음부터 옆에서 지켜보던 한 외국인 아줌마가 결제 과정을 도와줬다. 웨이트라는 단어가 떴을 때 직원이 안에서 누르고 그다음에 빼야 되는데 나는 웨이트 단어 보고는 혼자 뺀 거였다. 그렇게 직원분과 아줌마는 웃으면서 넘어갔고 쟁반 위에 햄버거가 있었다.

'테이크 아웃이라고 했는데'

자리도 없는데 어쩌나 들고 매장 안을 둘러보았다.

4인석 자리에 외국인 커플이 서로 마주 보고 먹고 있었고 그 옆에 자리가 있었다.

'쟁반을 가지고 나갈 수도 없고 자리는 저기 밖에 없네'

쟁반을 들고 그 외국인 커플 쪽으로 가서 옆에 남은 자리를 앉았더니 외국인 커플은 싱긋 웃어 주었다. 커플 옆에 앉아 마치 일행처럼 먹었고 커플은 다 먹고 떠나서 마음 편히 먹으려고 하는데 한 가족이 와서 두리번거리더니 내 쪽으로 걸어 왔다.

'아니야 여기로 오지마. 제발 오지마. 나도 편하게 먹자.'

이쪽으로 오는 것을 모르는 척 햄버거를 먹었지만 가족 3명은 자연스럽게 싱긋 웃어 보이면서 남은 자리에 앉았다. 이렇게 먹기에는 내가 민망해서 햄버거만 먼저 먹고 감자튀김은 가방에 쏙 넣고 자리에서 일어났다.

3-3

입국 후 보이는 몸개그

우여곡절 끝에 프라하 공항에 도착을 했다. 헬싱키를 경유할 때 입국 과정을 거친 게 맞았다. 게이트에서 나오는데 짐 찾는 곳이 바로 보였고 짐 찾고 나오니깐 밖이였다.

AE 공항 버스를 타고 가면서 짐칸에 캐리어를 두고 가방을 지키기 위해 바로 옆쪽에 있는 의자를 펴서 앉았다. 밖을 보니깐 유럽 풍경이 눈앞에 보였고 여기 있다는 게 대견하고 신기하면서 내 마음이 요동쳤다. 그리고 짐칸에 내 캐리어도 함께 요동을 쳤다. 자리에 일어나서 요동치는 캐리어를 다시 바르게 두고 자리에 앉기 위해 뒤로 슬금슬금 갔는데

'엄마야.'

접이식 의자인 것을 까먹고 캐리어가 잘 고정됐는지 확인하면서 내 눈은 캐리어만 보고 엉덩이는 의자만 보고 갔는데 아니었다. 의자는 일어남과 동시에 접혔고 나는 그것을 보지 못하고 캐리어만 봤었다. 그냥 맨바닥에 철퍼덕 앉아 버렸고 많은 사람들이 나의 모습을 쳐다보고 있었다.

너무 민망하고 웃음도 나오는 상황이었는데 내 앞에 앉아 있던 인도 아줌마가

"are you okay?"

웃으면서 물어보셔서

"yes I'm ok."

대답하고는 다시금 의자를 펴서 자리에 앉았다. 아프기도 하고 민망해서 고개를 돌려 창문 밖 풍경을 보고 있었다. 그런데 이젠 인도 아줌마네 짐가방이 요동이 치는 것이다. 남편분이 바르게 한다고 자리에 일어나서 가방 정리하고 자리에 오다가 바닥에 주저앉았다. 아까 나랑 똑같은 상황이 되었다.

뒤에서 그 모습을 보고 있던 나는 속으로 웃으면서

"are you okay?"

물었더니 인도 아줌마가 살짝 나를 보면서 웃었다. 그러고는 남편분을 일으켜 세워 주면서 아까 나랑 똑같은 상황이라고 말하고 있었다.

3-4

하늘을 날다

프라하 시차에 적응을 하고 중심지를 돌아다니면서 유럽에 있다는 것을 실감하게 되었다. 오늘은 버킷리스트 중 하나인 스카이다이빙을 실천하는 날이다. 평소 놀이기구 타는 것에도 겁이 없었기에 한 번쯤은 스카이다이빙을 하고 싶었는데 이번 여행지에서 신청을 하게 되었다.

프라하 중심가의 스카이다이빙 업체를 찾아가고 확인을 한 후 차를 타고 40분 정도 달리니깐 스카이다이빙하는 곳에 도착했다. 나는 그룹 4였고 어떻게 진행되는지 보니깐 스카이다이빙 옷을 입고 간단한 교육을 진행했다.

'영어를 내가 잘 알아들을 수 있을까.'

역시 바디랭귀지가 최고다. 사람 한 명을 콕 찍어서 직접 행동으로 보여 주면서 설명해서 이해가 금방 됐다. 비행기에서 내릴 때 다이버에게 눕듯이 기대고 다이버가 내리라고 할 때 다리를 뒤로 들으면 된다고 했다. 눕듯이 기대고 다리를 들어야 한다는 것을 계속 강조를 하였다.

"group four."

소리와 함께 다이버들이 한 명씩 옆으로 붙게 되고 나한테도 다이버가 붙으면서

"good?"

"yes good."

신나는 억양으로 경비행기에 올라탔다. 타다 보니 나는 경비행기 안쪽으로 들어가게 되었고 맨 마지막에 내리는 순서였다. 비행기가 어느 정도 높이에 올라서자 비행기 문이 열리고 앞사람들이 서서히 내 눈앞에서 비명과 함께 사라지기 시작했다. 다이버가 나를 보며 가자는 제스처를 하고 나를 묶기 시작했다. 다이버와 함께 묶인 나는 문 앞에 서게 되었고 다이버는 어깨를 툭툭 치자 나는 사인에 맞춰서 몸을 기대고 다리를 들었다.

'우와 재밌겠다. 언제 뛰지. 신호 주겠지?'

"와아 아악."

다이버는 원, 투, 쓰리 사인도 없이 내가 다리를 들자마자 그냥 뛰어 버렸다. 이래서 사람들이 비명을 지르는 것이었다. 마음의 준비는 하게 해 줘야지 다리 들자마자 뛰어 버리니깐 누가 뒤에서 민 것처럼 너무 놀라서 소리를 지르게 되었다.

딱 뛰는 순간 신날 줄 알았는데

"……"

바람과 기압과 중력으로 인해 벌어졌던 입은 기압과 바람으로 인해 숨이 안 쉬어지고 얼굴에 압박이 느껴지고 귀는 멍해져서 너무 아프고 숨이 턱 막히는 기분이었다. 아무 말도 할 수 없었다. 어느 순간의 고비가

지나니깐 조금은 괜찮아졌고 기분이 다시 좋아지니깐

"우아아아악.", "very good.", "beautiful.", "fun."

내가 아는 영어 감탄사는 다 뱉었다. 낙하산 따라 내려가면서 빙글빙글 돌아서 멀미가 있었지만 또 타고 싶냐고 물어본다면 무조건 탈 거다.

3-5

한 단어 천천히 천천히

프라하 중심지에 있을 때는 거리와 비용을 생각했을 때 호스텔이 괜찮은 거 같아서 호스텔에서 묵었다. 5베드 여성 룸이었는데 누가 있는지도 잘 몰랐다. 호스텔에는 개인 사물함이 있었는데 호스텔마다 여러 방식이 있었다. 열쇠를 사용하기도 하고 침대 밑 서랍식으로 두기도 하고 비밀번호를 설정하게도 한다.

내가 묵은 호스텔은 비밀번호를 설정하는 사물함 식이였다. 비밀번호 사용 방법은 간단했다 일회성으로 생각하면 됐다. 한 번 설정한 비밀번호를 잠그고 열면 다시 새로운 비밀번호를 설정해야 했다. 숙소에서 쉬고 있는데 외국인 여성 2명이 들어왔다. 눈 인사만 간단하게 하고 침대에 누워서 핸드폰을 하고 있었는데 두 명은 친구 사이인지 사물함 앞에서 서로 이야기를 하는 것이었다. 아무래도 사물함 사용 방법에 대해 이야기를 하는 거 같은데 서로 눌러 보면서 열고 닫는데 잘되지 않은 거 같았다.

'할 수 있으실 거야 나도 스스로 방법 터득했는데 두 명이서는 금방 하시겠지.'

신경을 안 쓰고 싶었지만 핸드폰을 내려놓으면 바로 눈앞에 사물함이 보이는 자리였다. 잠시 잘 하나 핸드폰 내려놓음과 동시에 눈이 마주쳤고 나는 자연스럽게 침대에 일어나서 사물함 쪽으로 발걸음이 향하고 있었다.

"삑삑삑삑 띠릭 탁 띠릭 삑삑삑삑."

아무말 없이 내 사물함에 비밀번호를 4자리를 누르고 문을 열고 문을 닫고 다시 새로운 비밀번호를 설정하는 모습을 보여 주었다. 행동 후 외국인을 향해 싱긋 웃었지만 외국인도 같이 싱긋 웃었다. 이해를 못 한 거 같다. 여기서 나의 짤막한 영어 단어가 나오기 시작했다.

"example."

내 사물함에 손을 올리고

"free number.", "four number."

손가락으로 네 자리 숫자라고 표현을 하면서 내 사물함에 비밀번호 네 자리를 누르고

"close."

문이 닫혀서 열리지 않는다는 것을 보여 주고 다시금

"four number."

비밀번호 네 자리를 누르고

"open."

문이 열린다는 것을 보여 주었다.

외국인들은 여기까지는 이해했는지 끄덕여서 다시 문을 닫고

“new number.”

새로운 비밀번호를 누르고

“close.”

문이 닫혀서 열리지 않는다는 것을 보여 주자 외국인들은 한번 더 보여 달라고 이야기하였고 내가 이렇게 두 번 정도 반복했더니 외국인들이 이해하고 고맙다고 이야기했다.

3-6

타임 리미트

프라하 중심지에서 잘 놀고 외곽으로 옮겨서 호텔에서 숙박을 했다. 오늘은 동화 마을이라고 불리는 체스키크롬로프에 가는 날이다. 9시 출발 버스인데 호텔에서 나오니 8시 25분이였다. 아침에 늦장 부린 건 아니지만 왜인지 시간이 촉박했다. 버스 타는 곳은 전철로 환승해서 가야 돼서 부지런히 전철역으로 갔지만

"푸쉬이이익."

문 닫히는 소리와 함께 눈앞에서 딱 놓쳐 버렸다. 그때부터 초조해지기 시작했다.

'5분 뒤에 전철이 오는데 이걸 타고 바로 환승을 해야 여유 있을 텐데.'

내 시계만 빠르게 가는 것 같고 5분 뒤 전철이 들어오고 전철을 타고 환승역에 내려서 환승을 하기 위해 열심히 뛰었지만

"푸쉬이이익."

약속한 소리와 함께 눈앞에서 환승 전철을 놓쳐 버렸다.

'시간은 8시 50분, 여기서 버스 타는 역까지는 금방 가니깐 괜찮아. 그렇다고 여유롭지는 않아.'

전철이 들어오고 전철을 타고 내리니깐 8시 55분.

'이제부터 버스 타는 곳까지 엄청 뛰어가면 되겠다.'

내리자마자 출구 쪽을 보고 무작정 뛰었다. 이 와중에 에스컬레이터 높이가 너무 높아서 등산 수준으로 성큼성큼 뛰어 올라갔다. 다시금 시간을 보니깐 8시 57분 버스 출발까지 3분 남은 시간이었다. 출구를 나와 보니 버스 정류장은 보이지 않았고 상가 건물만 보였다 급한 마음에 주변 상가에 들어가서

"where is Cesky Krumlov bus station."

사람이 자기도 모르는 초능력이 있다고 한다면 나는 지금 이 순간이다. 여행 중에 제일 영어 문장을 완벽하게 구사하고 발음한 순간이었다. 상인은 바로 알아듣고 반대편을 가리키는 것이었다. 그렇다 나는 버스 정류장 쪽 출구를 보고 나왔어야 되는데 급한 마음에 아무 출구로 나왔던 게 정반대쪽 출구로 나왔던 것이었다. 다시 반대로 가기 위해 초인적 힘을 발휘하면서 뛰었고 그 와중에 횡단보도 신호를 놓쳤다.

시계를 보니깐 8시 59분 발을 동동 구르면서

'무단횡단을 해? 안돼 차가 이렇게 다니잖아. 그렇다고 저걸 놓치면 난.'

나는 여행에 있어서 정해진 계획을 따르려는 성향이 강한 J형 인간이다. 지금 계획이 틀어진다면 오늘 하루 모든 게 물거품으로 돌아가는 거였다. 이렇게 고민할 때 시계는 9시였고 초록불이 켜지고 울고 싶은 심정으로 버스 정류장이 있는 곳으로 달려갔다. 미친 듯 뛰어 도착하니깐 9시 1분. 타야 할 버스는 출발은 안 하고 아직 티켓 검사를 하고 있었다.

'다행이다. 갈 수 있다.'

버스 좌석을 찾아서 앉음과 동시에 긴장이 풀리면서 땀샘이 폭발하면서 나를 위로해 주었다. 버스는 티켓 검사를 마치고 확인 후 9시 10분에 출발했다. 체스키 크룸로프까지는 거리가 있어서 버스 안에 주전부리를 판매하였다.

나는 살짝 손을 들어

"water, please."

창밖에서는 잘 다녀오라고 풀들이 인사를 해 주었다.

여행 기간 : 7박 9일

여행 경비 : 약 200만 원

비행기 값 : 유럽 항공, 왕복 70만 원

숙박비 : 호스텔 3박, 호텔 4박 70만 원

개인 지출 : 약 60만 원(교통비 포함.)

4. 유럽 여행

43박 45일(2019년 5월 7일~6월 20일)

D-1

계속 확인만 했다. 지금 잘 하고 있는 건지도 모르겠다. 짐을 한곳에 챙기면 혹시라도 소매치기를 당하거나 분실물이 없어질 수도 있다는 생각에 짐과 돈을 세 곳으로 나누기 시작했다.

이번 유럽 여행 동안 캐리어 하나와 백팩 하나 그리고 내 몸에서 떨어지지 않을 분신 가방 하나를 챙겼다.

캐리어는 자주 노출이 되고 짐으로 들어가기 때문에 나랑 떨어질 일들이 많이 있겠다는 생각과 만약에 소매치기를 당하거나 잃어버려도 큰 타격이 없도록 기본적으로 여행 다닐 때 필요한 것들을 주로 챙겼다.

백팩은 캐리어보다는 덜 노출이 되고 이동할 때 늘 내 등 뒤에 있을 테니깐 필요한 서류들과 캐리어 잃어버릴 경우를 대비해 간단한 2박 3일용 여행 짐을 챙겨 두었다.

분신 가방은 나랑 떨어질 일이 없고 한국 떠나고 돌아올 때까지 나와 계속 붙어 있기에 백팩과 캐리어를 잃어버려도 분신 가방 하나만 있어도 해결될 수 있도록 중요한 물건들 챙겨 넣었다.

돈은 삼등분으로 나눠서 각 가방에 챙겨서 넣었다. 3개의 모든 가방에는 자물쇠를 걸어 잠갔다. 이런저런 고민이 많지만 내가 체크한 비행기, 숙소, 교통수단 이렇게 3가지만 잘되기를 바랄 뿐이다.

4-1

런던 입국 심사

지금 이렇게 쉴 때 장기간으로 갈 수 있는 여행지는 바로 유럽이다. 유럽을 간다면 긴 시간 여유롭게 한 바퀴 돌고 오는 것이 좋다고 하여 시작을 영국으로 잡고 끝을 로마로 잡았다.

영국 입국 심사는 까다롭기로 소문이 났다. 입국 심사 줄을 늦게 서면 그만큼 늦어지고 시간도 걸린다고 했다. 그리고 내가 도착한 시간이 저녁 시간대라 혹시라도 더 늦어지면 숙소까지 찾아가는 데 위험이 있을 수 있다는 생각이 들었다.

12시간 비행기를 타고 도착할 때쯤 미리 내릴 준비를 다 해 놓고 착륙 후 기다렸다가 벨트가 풀리는 "띵" 소리가 들리자 나는 바로 벌떡 일어나서 문 앞에 섰다. 비행기 문이 열리자마자 나는 최대한 빠른 걸음으로 걸어서 입국 심사대로 갔다. 이미 많은 사람들이 줄을 서고 있었지만 내가 내린 비행기에서는 나름 내가 먼저 도착한 듯했다.

'입국 심사 때 보여 달라고 하면 보여 줄 서류는 가방 안에 있고 여권이

랑 입국 신고서는 내 손에 있고 난 여행자이고.'

계속 반복적으로 티켓과 바우처를 확인하고 예상 입국 심사 질문들을 생각하고 대답하면서 연습을 했다. 이제 내 차례가 돼서 심사관 앞에 섰다.

"hello."

나는 좋은 인상을 남기기 위해 최대한 밝게 웃으면서 여권을 주며 인사를 했다.

"……"

여자 심사관은 무표정으로 여권만 받았다. 아무 말없이 내 여권과 입국 신고서를 비교하면서 나를 보더니

"(영어, 영어)"

내가 알아들을 수 없는 말을 하는 것이다. 다시 한번 귀 쫑긋하고 알아들을 수 있는 단어들은 들어 보려고 웃으면서 귀를 기울였다. 근데 여자 심사관이 갑자기 여권을 나한테 준다.

'뭐지? 왜 여권을 주는 거지? 나 이대로 여행 시작도 못 하는 건가.'

너무 당황스러워서 여권을 받고 눈을 동그랗게 뜨고 쳐다보니깐 여자 심사관은 행동으로 여권 커버 좀 벗기라는 제스처를 보여 주었다.

"aha, ok."

겉으로는 쿨하게 받았지만 여권 케이스를 벗기는 내 손은 바들바들 떨리고 있었다. 다시금 여권을 심사관에게 주고 잘 들으려고 몸을 심사관 쪽으로 기댔다. 심사관은 날 쳐다보면서 또 뭐라 뭐라 말하는데 내가 알아들은 문장은 여기 왜 왔니였다.

"here?"

"yes."

"travel!"

나는 당당하게 한마디 내뱉었고 그제서야 심사관은 살짝 웃으면서

"ok."

도장을 찍어 주고 나에게 여권을 주었다. 여러 가지 예상 질문과 서류를 준비해 갔지만 여기 왜 왔니 한 질문만 하고 끝났다. 나는 길면 길었고 짧으면 짧았던 입국 심사를 마치고 런던에 입성할 수 있었다.

4-2

데이 티켓 구매기

런던에서는 매주 수요일, 금요일에 라이언킹 데이 티켓을 판매한다. 데이 티켓은 사람들이 미리 좌석을 예매하고 그날 판매되지 않은 좌석의 티켓을 선착순으로 티켓을 사는 것이다. 앞자리 로열석은 몇십만 원짜리 자리인데 데이 티켓은 3만 원 돈으로 싸게 살 수 있는 좋은 기회다. 극장에서 10시부터 오픈인데 선착순이고 티켓이 다 팔리면 문을 닫기에 아침부터 줄을 서야 한다.

마침 오늘은 수요일 이 좋은 기회를 놓칠 수 없어서 숙소에서 아침 일찍 나왔다. 전철을 타고 맵을 켜서 도착해서 시간을 보니깐 8시 20분이었다. 10시부터 오픈인데 이미 20명 정도의 사람들이 줄 서 있었고 나는 그 뒤로 가서 줄을 섰다.

'그래도 이 정도면 선착순 안에는 들겠지?'

시간은 흘러가고 내 뒤에도 점점 사람들이 모여서 대략 40명 이상의 사람들이 줄을 서서 기다리고 있었다. 10시 문이 열리고 티켓 판매장으로 한 사람씩 들어가고 내 차례가 되었다.

'아직 자리 남아 있겠지? 제발 좋은 자리 남아 있어라.'

판매원이 혼자 왔냐고 물어봐서

"yes one person."

이름을 알려달라고 해서

"AN!"

"what?"

"yeon su…?"

당당하게 성을 이야기했지만 뭐냐고 묻는 질문에 당황해서 소심하게 이름을 이야기했다. 그랬더니 그냥 여권 달라고 해서 여권에 있는 이름을 보여 주니깐 혼자 이름을 치시고 금액을 이야기했다.

'아니 무슨 자리가 어딘지도 모르는데 다짜고짜 돈을 달라고 하면 어떡해.'

"where is my seat."

자리는 알아야겠다는 생각에 묻자 바로 자리를 알려 주었다. 자리는 "F18" 앞에서 중앙 6번째 자리다. 나는 그렇게 데이 티켓 구매에 성공했다.

그날 저녁 뮤지컬을 보면서 만족스러웠다 앞자리에 앉으니깐 배우의 표정이 디테일하게 보이고 하나하나 움직임도 너무 잘 보였다. 안타깝게도 영어 뮤지컬이다 보니 사람들 웃는 포인트에 혼자 웃지 못했다.

88
NERO
dbathrooms.co.uk

4-3

사진 찍어 주는 자세

관광지에서는 많은 외국인들이 사진을 찍는다. 관광지를 배경으로 다양한 각도로 사진을 찍으면서 서로의 모습을 카메라에 담는다. 나는 사람들은 없지만 관광지는 보이는 나만의 장소를 찾아서 사진을 찍었다. 외국인들에게 핸드폰을 맡겨서 찍어 주면 혹시라도 내 핸드폰이 돌아오지 않을까 봐 나는 셀카봉으로 혼자 찍으면서 다녔다.

나만 부탁을 안 할 뿐 다른 사람들은 부탁을 잘한다. 나 또한 외국인들한테 사진 찍어 달라는 부탁을 들어준 적이 있다. 나는 이왕 찍어 주는거 예쁘게 찍어 주고 싶었다.

'어떻게 예쁘게 찍어 드릴까요. 어디가 보이게 해 드릴까요?' 이 문장을 영어로 구사하기에는 너무나 어려웠다.

나는 그저 한 단어로 내뱉었다.

"point?"

핸드폰을 가리켰더니 외국인들은 내가 그쪽 위치에 서라고 한 줄 알고 갑자기 자리를 옮긴다.

나는 당황해서

"nono you point."

그러더니 갑자기 자기들끼리 자리를 바꾼다.

'어느 위치가 좋은지 여기 와서 직접 자리 선정해 주고 가라는 거였는데.'

외국인들 입장에서는 내가 자리 선정해 주고 서로 자리 바꾸라고 이렇게 들었나 보다. 결국 나는 내가 직접 움직이고 방향을 바꾸면서 사진을 찍어 주었다.

4-4

개구쟁이 직원

여행할 때 더 많은 곳을 다니기 위해 음식점보다는 카페나 패스트푸드점을 주로 이용한다. 카페나 패스트푸드점을 주로 이용하다 보니 우리나라와 다른 것도 알게 되었다. 우리나라는 음식점이 아닌 이상 패스트푸드점이나 카페에 가면 자신이 먹은 것은 스스로 정리를 하는 게 익숙하다. 하지만 나라별로 다르겠지만 영국에서 내가 갔던 곳은 그냥 두고 나가는 것이었다.

처음에 카페에 앉아서 먹고 어떻게 처리하는지 몰라서 습관적으로 다 먹은 거 직원에게 갖다주니깐 직원이 동그란 눈으로 날 쳐다보면서 땡큐라고 했다. 왜 그런가 싶어서 다른 외국인들 보니깐 그냥 두고 나가면 직원들이 알아서 치우는 것이었다.

'여기는 이렇구나.'

그런 문화를 알고 저녁 먹을 겸 패스트푸드점에 갔다. 사진을 가리키고 손가락을 표현하면서 주문을 하고 받은 음식을 자리에 앉아서 먹고 있었다.

직원이 먹고 있는 내 옆을 지나가면서

"finish?"

"no."

"(영어, 영어)"

"no."

무슨 말인지 모르겠지만 내 음식을 치우려고 하는 거 같아서 나는 아직 먹는 중이었기에 고개를 흔들면서 가져가면 안 된다는 표현을 했다. 근데 갑자기 직원이 음식이 남아 있던 내 접시를 들고 가는 것이었다.

"no, no, no, me, me."

다급하게 의자에 일어나서 먹을 거라는 의지를 보여 주며 손을 뻗어서 달라는 표현을 했다. 직원이 씨익 웃더니 다시금 식판을 두고 가는 거였다. 나도 방금 나의 행동이 웃겨서 웃었고 직원이 가다가 다시금 돌아오더니 나랑 눈이 마주쳤다. 나를 보고 눈을 동그랗게 떠서 나도 따라서 눈을 동그랗게 떠서 쳐다보니깐 직원은 갑자기 개구쟁이 표정을 지어 그 모습이 빵 터져서 혼자 웃었다.

그랬더니 직원이 다가오더니

"are you funny?"

나는 그저 웃기만 했다 창밖만 보면서 먹던 나에게 즐거움을 주어서 기분 좋았던 날이다.

4-5

타지에서 만난 한국인

오늘은 런던에서 파리로 넘어가는 날이다. 숙소에서 유로스타를 타는 역까지는 5분 거리라서 여유롭게 게이트에 도착했다. 유로스타를 타는 것은 런던에서 출국임과 동시에 파리는 입국이었다. 간단한 짐 검사와 출입국 심사가 있는데 그 시간이 길다고 했다. 게이트가 아직 안 열렸지만 사람들이 게이트 앞에 줄을 서서 나 또한 줄 서는 곳에 줄을 섰다.

줄 선 곳 바로 앞에 있는 사람은 한국 사람이라는 것을 단번에 알 수 있었다. 보고 싶어선 본 건 아니었지만 핸드폰을 할 때마다 한국어가 보였다. 한국 사람인 것은 알았지만 그냥 조용히 각자의 줄을 서서 차례차례 들어가기 시작했다. 짐 검사를 위해 짐을 검사대 위에 올려놔야 되는데 앞에 섰던 한국 여성분 캐리어가 많이 컸다. 검사대에 캐리어가 안 올라가니깐 낑낑거리다가 갑자기 날 보더니

"이것 좀 같이 들어 주세요."

여성분도 내가 처음 설 때부터 한국인인 것을 알았나 보다. 바로 한국

말하면서 도와달라고 해서 놀랬다. 자연스럽게 출입국 검사 줄도 앞뒤로 같이 서게 되면서 짧게 이야기를 했다. 여성분이 먼저 나에게 질문을 했다.

"숙소 어디세요?"

"에펠탑 근처요."

"어? 저도 에펠탑 근처인데."

"아 진짜요? 어떻게 이동하세요?"

"저는 우버 타고 이동할 거예요."

"저는 전철 타고 이동할 거예요."

"어? 근데 오늘 토요일인데 지금 파리는 토요일마다 시위를 해서 전철 운행 안 하고 건물들도 일부 문을 닫아요."

"아 진짜요?"

나는 전혀 몰랐던 사실이라서 당황스러웠다. 당연히 전철 타고 갈려고 했는데 여성분 아니었으면 난 방황했을거다.

"숙소 에펠탑 근처니깐 같이 택시 타고 가실래요?"

"네 좋아요. 열차 내릴 때 만나요 몇 호 차세요?"

"12호 차요."

"어? 저도 12호 차인데 자리는 어떻게 되세요?"

"94요."

"대박 저는 95에요."

"거짓말 아니죠."

"봐 봐요. 제 티켓 12호 차 95에요."

"어 진짜네요."

나는 열차를 내릴 때 만나기 위해 열차와 호 차를 물었는데 같은 호 차에 좌석도 같아서 너무나 놀랐다. 서로 유로스타 티켓을 꺼내서 보니깐 정말 맞았다. 계속 이게 무슨 일이냐고 줄 선 것도 우연하게 앞뒤로 섰는데 좌석도 같냐고 이야기하면서 마음이 편해졌다. 하지만 유로스타에서는 대각선으로 서로 창문 있는 자리여서 같이 앉아서 간 건 아니었다. 파리에 도착해서 택시를 타고 에펠탑 근처에 내려서 각자 여행 잘하라고 인사를 하면서 각자 숙소를 찾아 길을 갔다. 참 신기한 우연이었다.

'근데 번호도 안 물어보고 유로스타 옆자리 비었는데 같이 앉지 않았네.'

'파리 도착해서 여행 같이 다녀요.'

이런 말이 오가지 않아서 너무 좋았다 난 혼자 조용히 다니고 싶었다.

4-6

청춘 드라마는 청춘 드라마일 뿐

장기간 여행을 하다 보면 세탁물이 나온다. 호스텔에 묵다 보면 짐을 다 펼쳐 놓고 있기가 불편해서 호텔에 묵게 됐을 때 짐 정리하면서 빨래를 한 번에 몰아서 했다. 지금 호텔에서는 10분 거리에 있어 짧은 거리니깐 빨리 갖다 오자라는 생각으로 가볍게 가고 싶어서 분신 가방에 기본적인 것들 중에 무게가 있는 우산과 보조 배터리만 빼고 분신 가방과 세탁물만 챙겨서 코인 세탁소를 찾아갔다. 동네 세탁소다 보니 영어가 없고 프랑스어만 있어서 핸드폰으로 열심히 단어 검색하고 번역을 하면서 방법을 알아내고 세탁을 돌렸다.

'세탁기 돌아가는 동안 시간이 남으니깐 핸드폰 봐야지.'

배터리가 없다. 아까 숙소에서 빼고 온 보조 배터리가 보고 싶어졌다.

'저녁 먹어야 되니깐 주변 음식점 가서 음식 주문하고 가지고 와야겠다.'

비가 온다. 아까 숙소에서 빼고 온 우산이 보고 싶어졌다. 늘 필요 없을 때는 있고 필요할 때는 없는 마법이 지금 내 눈앞에서 펼쳐졌다. 그래도 세탁기 돌아가는 동안 시간을 때우기 위해 주변을 보니깐 1분 거리인 패스드푸드점이 눈에 들어왔다.

"톡톡톡."

가까운 거리고 비도 살짝 와서 패스드푸드점 가서 주문하고 음식 가지고 나오는데

"쏴아아아."

이 정도면 나 놀리는 거 같다. 1분 거리니깐 그냥 후딱 뛰어서 세탁소로 돌아왔고 뽀송해진 빨래를 보면서 기분이 좋아졌는데

"쏴아악악악."

비가 나를 잡아먹으려고 한다 갑자기 엄청 많은 비가 내리기 시작했다. 현재 나는 우산은 없고 음식은 따뜻하고 빨래는 뽀송해서 기분 좋은 냄새가 나고 있고 반팔이라 춥지만 입고 왔던 겉옷은 같이 돌려서 뽀송한 냄새가 나서 지금 입기는 싫었다.

'자 연수야. 생각을 해 보자. 어떻게 하는 게 좋을까. 빨래 쇼핑백을 머리에 뒤집어 쓰고 간다고? 그럼 내 빨래들은 다시 젖잖아. 이건 아니야. 그럼 이제 막 빨은 겉옷 하나만 꺼내서 비 오는 날 뒤집어 쓰고 간다고? 뽀송이를 포기 못 하지. 이것도 아니야. 결국 답 나왔다.'

쇼핑백 안에 빨래를 예쁘게 접어서 넣어 놓고 음식이 든 봉지도 잘 묶어서 쇼핑백 안에 같이 넣어 놓고 쇼핑백은 빗물이 들어가지 않게 예쁘게 묶고 분신 가방과 함께 내 품 안에 끌어안았다. 나는 숙소 가서 다시 씻으면 되고 어차피 지금 입고 온 옷들은 빨아야 되는 옷들이었다. 이제부터 빗속을 뚫고 10분 거리의 숙소를 뛰어가면 된다. 난 그렇게 비 오고

바람 부는 거리를 샌들에 반팔 티 입고 미친 듯이 뛰었다. 마음은 비 오는 날 청춘 드라마처럼 뛰었지만 숙소 도착 후 거울을 보니깐 거울이 이야기해 주었다.

'씻기나 해.'

4-7

여행 다니는 방법

여행을 통해 몰랐던 나 자신을 알게 된다.

첫 번째 내 여행 루트는 반복이었다. 보통 첫째 날과 둘째 날은 관광지를 보면서 사진을 찍고 핫한 관광지와 가고 싶은 관광지를 찾아다닌다. 그러고 다음 날이면 관광지 찾으러 다니면서 보았던 다른 곳을 더 자세하게 보기 위해 다니고 그 나라만의 느낌을 느끼려고 이곳저곳을 걸으면서 돌아다닌다. 마지막 날에는 기념품과 쇼핑을 하면서 돈을 사용하고 다음 나라로 이동할 역은 어디인지 미리 찾아서 가는 연습을 한다. 짐이 많으면 방황을 하기 때문에 늘 그 전날에 이동할 역을 미리 가 보는 연습을 했다.

두 번째는 여행을 다니면서 먹는 것에는 돈을 투자하지 않는다. 음식이 입에 맞지 않고 팁 문화에 익숙하지도 않았다. 아침은 늘 간단하게 숙소에서 먹고 나간 후 돌아다니다가 힘들 때 카페에 들어가서 음료를 마시면서 쉬고 저녁에 숙소 갈 때 주변 마트나 패스트푸드점에서 음식을 사서 숙소에서 먹었다. 더 돌아다닐 수 있고 여행에 집중하는 기분이 들어서 나는 더 좋았다.

세 번째는 언어 소통은 눈치껏 행동하면 된다. 영어를 잘 하지 못하는 내가 돌아다닐 수 있는 건 눈치는 있어서다. 내가 영어를 못 알아들으면 상대방은 둘 중 하나다. 포기하거나 행동으로 보여 준다. 그럼 그걸 눈치껏 보고 행동하면 된다. 마찬가지로 영어를 말하게 될 때도 알아들을 수 있는 단어만 몇 개 듣고 그 단어를 한 번 더 물어보고 그거에 맞게 행동하고 아는 단어를 얘기하면 상대방은 빙그레 웃게 된다.

네 번째는 오늘 하루 이루고자 한 목적이 있고 그것을 이루었으면 그날 하루는 만족스럽게 끝나는 것이다. 예를 들어 오늘 하루 목표는 프랑스 디즈니랜드에 가서 디즈니랜드 성 앞에서 사진과 마그네틱을 사는 거였다. 시간을 들여서 이동을 하고 했는데 내가 이루고자 한 목표인 성 앞에서 사진 찍고 마그네틱을 사니깐 그냥 뿌듯하고 하루를 만족했다.

다섯 번째는 한국어를 듣는 것보다 외국어 듣는 게 마음이 편하다. 여행을 하다 보면 다양한 언어를 듣게 된다. 여행을 하다가 한국어가 들리면 반갑기도 하지만 가끔은 불편하기도 했다. 외국인들만 있을 때는 어차피 무슨 말 하는지 모르니깐 편하게 나만의 시간을 보내거나 여행을 하는데 한국어가 들리면 귀가 있다 보니 듣기 싫어도 내용을 알게 되고 대화 흐름을 알다 보니 내 시간을 못 갖는 경우가 있다.

여섯 번째는 어떻게든 사람이 없고 사람들이 안 나오게 사진을 찍는다. 나는 사진을 찍을 때 사람들이 바글바글 나오는 걸 싫어한다. 나 혼자 독단적으로 찍기를 좋아하다 보니 관광지를 가더라도 최대한 사람이 없는 곳으로 가서 셀카봉 세워 두고 찍는다. 유럽은 소매치기가 있다 보니 자연스럽게 사람 없는 곳을 더 찾는 것 같다. 이렇게 나는 나만의 여행 방법으로 여행을 즐기고 있다.

4-8

소매치기 과정을 목격하다

나는 지금 파리에서 바르셀로나로 넘어와 있다. TGV 기차를 타고 6시간 30분 이동해서 바르셀로나 중심지 주변인 호스텔에서 묵고 있다. 관광지를 돌아다니고 오늘은 여유롭게 다니는 날이라서 한적하게 다녔다. 유럽은 화장실을 이용하려면 돈을 지불하고 이용을 해야 했다. 가끔 백화점이나 마트는 공짜이기도 한데 대부분 돈을 지불해야 이용할 수 있었다.

돌아다니다가 화장실 갈 겸 뭐 먹을 겸 주변 맥도날드를 들어갔다. 주문하고 앉을 테이블 자리를 찾는데 벽 쪽에 앉을 수 있는 자리가 보여 그 자리에 앉았다. 내 옆 라인에는 노부부 6명이 서로 마주 보고 앉아 있었다. 나는 벽 쪽에 붙어 앉아서 먹다 보니 자연스럽게 옆 라인에 있는 노부부 단체를 보면서 먹게 되었다. 노부부 팀은 관광을 하려고 하는지 지도를 책상 위에 꺼내서 펼쳐 놓고 음식을 먹으면서 지도를 보고 있었다.

'노부부인데 서로 모여서 관광도 하러 다니고 멋있다.'

청소하는 아르바이트생한테 막 물어보면서 열심히 관광할 곳을 체크하고 있었다. 나도 그냥 그쪽을 바라보면서 먹고 있는데 지나가는 어떤 남자가 몸을 숙이는 거다.

'뭐 떨어졌나? 아 내 유로 동전은 얼마 남았지?'

몸을 다시 바르게 앉아서 가방 안에 있는 동전 지갑을 꺼내서 돈을 확인하려고 하는 순간

"What's up!!!! help me!!!!"

옆 테이블에서 난리가 난 거다. 내가 본 남자는 떨어진 것을 주우려 했던 게 아니고 노부부 팀 의자 밑에 있던 가방을 노리고 도망간 소매치기였다. 그 짧은 시간에 내가 잠깐 고개 돌리고 내 가방 본 사이에 일어난 일이다. 바로 옆에서 일어난 상황이라 나는 그 상황을 지켜보기로 했다.

"우다다다다."

가방을 들고 도망갈 때 그걸 본 반대쪽 노부부가 소리를 지른 거였고 소리를 듣자마자 같이 지도 보던 아르바이트생은 뛰어나갔고 가방 주인인 노부부도 같이 뛰어나가고 카운터에 있던 직원도 뛰어나갔다. 3초 만에 휘휘 지나가 버렸다. 남아 있던 노부부 팀과 나는 서로 눈이 마주쳐서 눈을 동그랗게 뜨고 있었다. 그렇게 1분 뒤 뛰어갔던 노부부가 들어오고 처음 보는 여자랑 남자가 노부부 가방을 들고 들어왔다.

'뭐지? 저기 남자랑 여자가 가방 찾아 준 건가?'

나는 이런 상황이 처음이었으니깐 끝까지 지켜보기로 했다. 상황을 보니깐 밖에 사복 경찰관이 잠복으로 평소처럼 있다가 맥도날드에서 뛰

쳐나온 소매치기범을 보고 잡은 거였다. 겉으로 보기에는 그냥 평범한 남녀인데 갑자기 여자가 옷 속에서 무전기를 꺼내서 무전을 하고 수갑을 꺼내는 거였다. 남자의 옷 속에서 곤봉이랑 수갑이 나오는 상황이었다. 옷 안 허리띠에 다 숨겨 두고 사복 경찰관으로 잠복해 있었고 그 모습을 보니깐 멋지기도 했다.

그러더니 그 사복 경찰관들은 가방 안에 있는 내용물을 다 꺼내서 가방 주인한테 가방 안에 있는 물건 하나하나 얼마인지 가격을 물어보고 사진을 하나씩 찍고 있었다. 그러는 사이 경찰관 두 명이 들어오더니 조금 떨어진 자리에서 소매치기범을 데리고 와서 수갑을 채우고 또 의심되는 여자 두 명을 데리고 와서 몸수색을 하는 것이었다.

'나가고 싶은데 못 나가겠지.'

나갈 분위기도 아니었고 나름 사건 현장이 바로 내 옆자리라서 나는 쥐 죽은 듯이 조용히 있었다. 검사 받는 노부부를 제외하고 나머지 노부부는 나를 쳐다보더니

"are you okay?"

"yes i'm ok are you okay?"

"yes."

서로가 괜찮은지를 물어보았다. 소매치기가 일어나는 방법과 잡는 방법 검사하는 방법을 그 과정을 눈으로 다 보고 있으니깐 너무 현실로 다가왔다. 사복 경찰관은 상황을 물어보면서 또 확인하고 검사하고 그렇게 10분이 흐르고 이제 다 끝났는지 사복 경찰관이 웃으면서 가방은 바닥에 두지 말고 꼭 매고 다니라고 이야기하면서 즐거운 바르셀로나 보내라고 이야기했다. 노부부 관광객을 보내 준 뒤 직원을 데리고 앉아서

다시금 어떤 상황이었는지 물어보고 설명을 하고 있었다.

그렇게 나도 천천히 자리에 일어나서 나오게 되었다. 그 이후로 갑자기 사복 경찰관이 멋져 보여서 거리를 걸을 때 누가 사복 경찰관인지 찾아보기도 했다. 주말이었는데 평소보다 경찰관도 많이 보였다.

4-9

영어는 단어 조금 해요 1

바르셀로나에서 니스로 넘어갈 때는 야간 버스를 11시간 동안 타고 이동을 했다. 저녁 21시 30분 버스를 타서 다음 날 아침 8시 40분 도착인 야간 버스 이동은 새로운 경험이었다. 그냥 버스지만 버스 안에 화장실이 있고 의자가 다 뒤로 넘어가 있어서 자동으로 누워지는 구조였다. 운전기사는 2명이서 서로 교대하면서 운전을 하였다. 중간에 국경 넘을 때는 갑자기 불을 켜더니 경찰들이 버스에 타서 일어나라고 깨운다. 사람들은 비몽사몽 일어나서 여권을 보여 주고 경찰관들은 한 명씩 여권을 보고 검사하고 다시 잘 자라 이야기하고 내린다.

야간 버스를 타고 니스에 도착하여 숙소로 가기 위해 버스 정류장에서 버스를 기다리고 있었다. 참새들이 서로 먹이 달라고 싸우고 있을 때 외국인 여자 2명이 나한테 다가온다.

"Do you speak English?"

"a little."

여행을 다니더니 근거 없는 자신감만 생겨서 앞에 감탄사까지 붙여서 이야기해 버렸다. 외국인 여성분들은 지도를 보여 주면서 이야기를 했다. 이야기를 들어 보니깐 자신들은 여기 정류장을 가야 되는데 어떻게 가야 되는지를 물어보는 거였다.

"i'm here."

나는 내가 내리는 정류장을 가리키고

"you here."

내가 내리는 곳 전에 여성분들이 내리는 정류장을 가리키고

"yes here."

다시금 여기 정류장을 가리켰다.

노선표를 보면서 간단한 영어로 이야기해 주었다. 외국인 여성분들은 내 옆자리에 앉으면서 고마움을 표시했다.

더 도와주고 싶다는 생각에

"you ticket?"

여성분들은 고개를 절레절레 흔들면서 어디서 어떻게 사야 되는지 모른다는 식으로 이야기를 했다.

"buy ticket street 저기~."

내 티켓을 보여 주면서 표 산 곳을 가리키니깐 여자들은 고맙다면서 표를 사러 갔다. 이정도면 그냥 한국어로 설명해도 여성분들은 다 알아들을 수 있을 거라고 생각했다.

4-10

영어는 단어 조금 해요 2

여행을 다니다 보면 숙소에 미리 도착할 때도 있고 체크아웃 후 짐을 더 보관해야 되는 상황이 온다.

'체크인 전에 혹은 체크인 후에 제 짐을 여기에 맡기고 싶어요.'

이걸 영어로 설명하기에 나한테 큰 도전이었다. 번역기 발음을 그대로 들려줘도 됐었으나 그럼 여행의 맛이 안 나는 기분이었다. 나는 한 단어 한 단어 필요한 말들을 단어로 떠올렸다

'체크인 전에는 전은? before 내 가방은? my baggage 맡기다는? keep.'

이렇게 한 단어 한 단어 떠올려서 내가 완성한 단어를 가지고 숙소에 도착해서 말했다.

"keep my baggage check-in before."

"what?"

당연히 한 번에 못 알아듣는다. 그래도 차근차근 설명을 하면 된다.

"i'm check-in here."

나와 카운터를 치면서

"two'o clock."

손가락으로 브이 모양을 하면서

"baggage keep."

내 짐을 가리키면

"what is your name."

"yeon su."

컴퓨터로 찾아보더니 예약된 시간과 내 이름이 뜨는 것을 확인하고 내 말을 이해했는지 가방을 맡겨 주겠다고 이야기했다.

가방을 맡기고 관광 후 체크인 시간이 돼서 다시 체크인을 할 때 직원분은 나의 영어 실력이 못 미더운 건지 아니면 친절한 건지 입구 들어오는 문을 직접 열고 닫는 시범을 보여 줬다. 나는 끄덕끄덕하니까 직원분은 갑자기 키를 나한테 주더니 직접 해 보라고 했다. 나는 당당히 밖에 나가서 문을 열고 들어오니깐 다시 나가 보라고 한다. 그래서 나갔다가 다시 키를 사용해서 들어오니깐 직원분은 이해됐냐고 계속 묻는다.

"yes i'm understand."

당당히 말하니깐 직원분이 살짝 웃는다. 카드로 찍고 왔다 갔다 정도는 영어 없어도 할 수 있습니다.

4-11

저는 리액션 반응이 약해요

여행을 다니다 보면 다양한 리액션을 볼 때가 있다. 다양한 나라별로 감탄사들이 있고 표현 방법이 있다. 나는 평소에도 리액션 반응이 약한 사람인데 외국인들이 리액션 보여 주면 반응할 때 더 수줍어진다. 아무래도 내가 혼자 여행을 다니고 여유롭게 다니다 보니깐 관광지에서 사진 찍어 달라는 부탁을 많이 받는 편이다. 여행해서 경험했던 것처럼 말을 하면 사진 위치가 달라지고 내 말대로 움직여지기 때문에 나는 "OK." 이 한마디만 남기고 최선을 다해 사진을 찍어 준다.

사진을 확인한 외국인들은

"perfect, very good, thank you."

엄지손가락을 내밀고 손뼉을 치면서 리액션을 해 준다. 나는 어색하게 싱긋 웃기만 한다. 마트에서 물건을 계산할 때 주로 동전들로 계산을 한다. 2500원을 계산한다고 치면 10원짜리, 50원짜리, 100원짜리들을 다 합쳐서 만드는 식이였다. 동전들은 들고 다니면 무거워지기 때문에 마트에서 살 물건들을 미리 계산하고 계산대 가기 전 여유롭게 동전을 꺼내서 계산을 한다.

그리고 직원에게 주면 직원은 동전 하나하나 계산하더니

"perfect."

엄지손가락을 내밀어 준다. 나는 다시금 어색하게 웃으면 다시 한번 엄지손가락을 내밀면서 좋은 시간 보내라고 한다. 기분이 좋아지는 리액션들이다.

#니스 #힐링중
#in 유럽

4-12

이동은 멀고도 멀다

오늘은 여행 중 제일 많은 이동이 있는 날이다. 나라별로 이동을 할 때 다양한 대중교통으로 이동했다. 대부분 한 번 타면 장시간을 가는 거였지만 이번에는 시간에 맞춰 중간중간 이동 수단을 바꿔가면서 이동해야 했다. 한국에서 미리 티켓을 시간에 맞춰서 구매를 해 놓은 상태여서 걱정은 없었지만 경로가 복잡한 날이었다.

프랑스 니스에서 10시 57분 TGV를 타고 6시간 이동 후 17시 파리 리옹역 도착.

리옹역에서 파리 동역으로 이동.

파리 동역에서 19시 17분 ice를 타고 4시간 이동 후 프랑크푸르트 23시 도착.

가방을 짊어지고 캐리어를 열심히 끌고 다니면서 이동을 했다. 창가 자리를 예매해 놓은 상태여서 바깥 풍경을 가면서 좋았지만 안타깝게도 왼쪽 자리로만 연달아 예매를 해서 목이 한쪽만 너무 뻐근했다. 역에서 다음 이동 수단을 기다릴 때는 오른쪽만 쳐다봤다.

4-13

영어지만 독일 발음

숙소 체크인을 하면 대부분 정해진 루트가 있다. 이름을 물어보고 여권을 보여 달라 하고 확인 후 머무르는 날짜를 확인하고 돈 지불 여부를 확인한 후 숙소 키를 준다. 대부분 이렇게 반복으로 체크인이 이루어진다.

평소와 같이 카운터 앞에 서서

"check in please."

"(영어, 독일어)"

직원분은 독일분인데 영어 발음에 살짝 독일어가 섞여 있어서 내가 정확히 이해를 못 했다. 직원분도 차근차근 설명을 해 줬고 나도 행동과 단어를 최대한 조합해서 우여곡절 끝에 체크인을 했다.

"finish?"

"ok, perfect finish."

혹시 더 있을까 봐 내가 먼저 물어보고 직원분이 대답을 하면서 서로 뿌듯해하면서 웃었다. 서로 뿌듯해하고 시간이 걸렸던 이유 중 하나를 이야기하면 이렇다.

직원분은 도시세를 내기 위해 6유로를 지불하세요라는 뜻으로 말한 건데

'시티? 아 여기 왜 왔냐고'

"travel."

그러자 직원분이 갑자기 "시티탁" 이러길래

'시티탁? 이게 무슨 소리야.'

직원분이 손으로 육을 표시해서

"no no three."

난 손으로 3을 표시했다.

'6일을 머무른다고? 아니야 나는 3일만 머무르는데 왜 육이야.'

내가 고개를 갸우뚱하니깐 직원분이 옆에 있던 직원분이랑 서로 토론을 하는 것이었다.

그러다 갑자기 직원분이 나한테

"pay."

외치더니

"money."

옆에 있던 직원분이 외친다. 나는 단번에 알아듣고 현금으로 6유로를 주니깐 그제서야 서로 웃으면서 다음 단계로 넘어가는 그런 상황이었다. 하나하나 확인할 때마다 스무 고개하듯이 가장 길었던 체크인이었다.

4-14

천천히 즐기는 여행

여행을 다니다 보면 여러 패키지 팀들이 있다. 패키지 팀들이 여행 다니는 것을 보며 여유가 없다는 게 느껴졌다. 정해진 일정이 있다보니 사진을 찍다가 가이드의 말에 움직여야 하고 음식을 사 먹다가도, 풍경을 구경하다가도 급하게 팀에 합류해야 했다. 오로지 가이드의 말에 따라 움직이는 사람들을 보며 나 홀로 여행의 장점을 새삼 느꼈다. 내가 일정을 짜고 때로는 조금씩 바꾸면서 그 자리에 더 있고 싶으면 멈춰 서서 눈으로 더 담고 사진과 글로 기록할 수 있었다. 유유자적 걸으면서 천천히 즐기는 여행이 더 좋다고 느껴졌다.

물론 사람들마다 여행하는 방법은 다 다르겠지만 난 누군가의 터치 없이 혼자 다니는 여행이 즐거웠다.

4-15

인종 차별 당하다

도시 간 이동할 때 기차와 버스를 번갈아 가면서 이동을 했다. 오늘은 버스로 5시간 이동을 하는 날이다. 버스도 다양한 종류가 있는데 오늘 내가 타는 버스는 미리 돈을 주고 좌석을 지정해서 앉는 지정 시트와 그날 타면서 자율적으로 자리에 앉는 자율 시트가 있는 버스였다.

앞쪽 자리는 대부분 지정 좌석이라서 자율 시트인 사람들은 앉을 수가 없는 구조였다. 나는 당연히 한국에서 미리 교통 편을 예약했기 때문에 미리 돈을 더 내고 지정 시트로 앞자리 창가 쪽으로 예매해 놓은 상태였다. 캐리어는 짐칸에 두고 가방만 손에 들고 내가 예매해 놓은 앞에서 두 번째 자리 창가 쪽을 찾아서 갔다. 근데 외국인 노부부가 내 자리에 앉아 있었다.

"my seat."

"alone?"

"yes."

내가 혼자라고 하자 노부부는 앞자리 빈 좌석을 가리키더니 거기에 앉으라고 했다.

'저기 앞자리 빈자리에 앉으라고? 내가 왜?'

나는 계속 내 자리 앞에서 서 있자 노부부는 계속 앞에 빈자리 가리키면서 혼자니깐 거기 빈자리 앉으라고 이야기했다.

'저기 빈자리는 아마 교대하는 운전자가 앉는 곳인데 나도 버스 몇 번 타 봐서 아는데.'

계속 혼자 생각을 하다가 서 있을 수는 없어서 앞 빈자리 옆 사람한테 자리 있는지 물어보니깐 없다고 해서 찝찝하게 그 자리에 앉았다. 근데 내 옆에 앉아 있던 이 여자도 자기 자리가 아니었는지 어떤 여자가 와서 자기 자리라고 하자 이 여자는 일어나서 자리를 비켰다.

'뭐야? 이 여자 자기 자리 아니었는데 앉아 있는 거였어? 당당하네.'

근데 상황을 보아하니 내 자리에 앉아 있는 노부부네 가족은 6명이었고 그 6명은 자율 시트인데 그냥 앞자리에 앉아 있던 거였다. 그래서 다른 사람들이 올 때마다 아무렇지 않게 자리를 비켜 주는 거였다.

'아니 자율 시트인데 앞자리 지정석을 앉아 있는 건 뻔뻔하네. 그러고 나한테는 여기 앉으라 하고.'

조금씩 분노가 쌓이고 있는 와중에 역시나 운전자 2명이 탔다. 대충 대화를 들어 보니깐 우리 앉을 자리가 없다 아니다 자리 있다 확인해 봐라. 이러고 폰을 만지더니 나한테 와서 여기 자리 아니라고 나오라고 한다. 이때부터 나는 화가 조금씩 쌓이기 시작했다.

'그럼 그렇지 여기는 운전자 자리가 맞았네. 노부부 가만 안 둬.'

노부부를 혼내 주고 싶은 마음에 나는 내가 예약한 자리와 앱을 운전자한테 보여 주면서 노부부를 가리켰다.

'내 자리인데 이 노부부가 자리를 안 비켜 줘요. 얘기 좀 해봐요.'

근데 운전기사 반응에 나는 너무 어이가 없었다. 운전기사는 그 앉아 있던 노부부를 보다가 갑자기 내 폰에 있는 앱을 보더니 이 차가 아니라고 다른 노선이라고 이야기한다.

'뭔 소리야 내가 들어올 때 밖에 직원한테 여기 노선 맞냐고 확인하고 바코드까지 찍고 맞다고 확인 받고 들어왔는데.'

나는 화나는 감정을 억누르고

"my seat."

나는 한마디 내뱉고 노부부를 가리켰다. 그랬더니 운전기사는 내가 귀찮은 건지 나를 살짝 밀면서 내 앱은 제대로 보지도 않고 여기 노선 아니라고 내리라고 한다.

'뭐라는 거야 인종 차별이야 뭐야 아니 확인을 해 봐야지. 지금 이렇게 하면 안 되는 거지. 뭐 하자는 거야.'

"아 뭔 소리 하는 거야 씨…ㅂ."

나는 순간 너무 화가 나서 한국말을 그냥 뱉어 버렸다. 통로에서 내가 자리에 앉지도 못하고 기사한테 말하고 방황하니깐 거기에 앉아 있던 모든 사람들은 나를 쳐다보면서 무슨 일인지 궁금해하는 표정이었다.

'와 이 와중에 도와주는 사람이 아무도 없다? 이대로 나는 포기 못하지.'

나는 다시 한번 운전기사한테 가서 내 폰 앱을 보여 주니깐 기사는 그제서야 자기 바코드를 꺼내서 찍더니 이거 노선 맞다고 한다. 그러고 뒤쪽을 한 번 보더니 저기 뒤에 자리 있으니깐 저기 가서 앉으라고 한다.

'아니 기사 양반 대부분 이런 상황이면 노부부 자리도 한 번 확인을 해

야지 내 거만 확인하고 뒤로 가라고 하는 거 아니지.'

진심으로 화가 너무 나는 상황이었는데 여기서 더 화가 나는 건 노부부는 내가 차에서 내리게 생겼는데 뻔뻔하게 내 자리에 앉아서 나의 행동에는 관심도 없고 자기 할 일만 한다. 차는 출발해야 돼서 나는 일단 빈자리에 가방 집어던지면서 앉았다. 생각할수록 너무 화가 났다. 운전기사가 나한테 대한 행동과 내가 그러고 있는데 옆에 당당히 앉아 있는 노부부 모습 그리고 그 가족들 모습까지 이건 진짜 아니다 싶어 화가 나서 눈물이 났다.

차 출발하고 3분이 지나서

'후 진정하자. 이렇게 울기만 하면 넌 결국 진거야. 내가 돈 더 주고 예매한 자리인데 진정하고 차분하게 다시 한번 이야기해 보자.'

난 이성을 찾고 다시 노부부를 향해 갔다.

"Excuse me, your seat number please."

나는 최대한 차분하고 공손하게 노부부한테 질문을 했고 노부부 행동은 그래서 너는 자리가 어디냐 창가 쪽이냐 통로 쪽이냐 이런 제스처를 보여 준다.

"your free number set?"

노부부 행동에 화나서 내가 조금 격양되게 이야기하니깐 노부부는 당황했는지 날 쳐다보더니 그래 내가 비켜 준다 이런 식으로 자리를 비켜주는 거였다.

'행동이 너무 비매너네 내가 아까 그런 상황이었는데 이제서야 그래 너 앉아라 이거야? 처음부터 비켜 주던가 아니면 아까 그런 상황일 때 비켜 주던가.'

너무 당당한 이 노부부 태도에 나는 화가 났다 창가 쪽 내 자리만 비켜 주고 통로 쪽은 계속 앉아 있었다.

'저기요 내가 들어가려면 자리를 비켜 주셔야 들어가지요 계속 앉아 계시면 가족이야 서로 무릎 넘어서 간다지만 난 무릎 넘어서 가기 싫어요.'

통로 쪽에 계속 앉아 있어서 나는 내 자리에 화난 듯이 가방 집어던지고 통로 쪽을 쳐다보면서 어떻게 들어가냐는 눈빛으로 쳐다보자. 그제서야 내가 들어갈 수 있도록 자리를 비켜 주었다. 그 노부부 가족은 자기네끼리 막 뭐라 뭐라 이야기를 하고 운전기사랑도 뭐라 뭐라 한다.

"뭐라고 하는 거야. 진짜 지들끼리."

나는 다시금 한국말이 튀어나와 버렸다. 이 버스는 중간중간 계속 태우고 내리기 때문에 지정석에 있으면 원래 주인이 와서 결국엔 자율 좌석으로 가게 되어 있다. 내 자리를 찾았다는 안도감과 노부부와 운전기사 태도에 다시 한번 울컥해서 창문을 보면서 눈물을 훔쳤다.

중간 지점에서 사람들을 태우고 길게 쉬어 가는 공간이 있었는데 그 노부부네 가족은 쉬러 버스에서 내렸다. 나는 그냥 버스에 앉아 있었는데 앞에 앉아 있던 여자가 갑자기 나한테 말을 걸면서 거기 너 자리 맞냐고 물어서 내가 그렇다고 했다. 그 여자는 아까 내 모습이 안쓰럽기도 하면서 그 노부부가 이상했다고 하면서 나에게 위로하듯이 말을 걸었다. 그 노부부 가족이 쉬러 내린 사이 다른 사람들이 새로 탔는데 내 옆에 새로운 사람이 오더니 짐을 보면서 네 거냐고 물어서 나는 아니라고 했더니 아까 나에게 말 걸어 줬던 여자가 밖에 있는데 곧 들어올 거라고 이야기해 주었다.

'이 와중에 알아듣고 상황에 맞게 해석해서 대답도 하고 기특하네.'

나 스스로에게 칭찬하고 있는 사이 노부부네 가족은 들어왔고 내 예상처럼 자기네 가족끼리 뭉쳐서 지정석 쪽에 앉은 거였다. 사람들이 타서 앉으려고 하는데 짐이 있으니깐 가족들이 당황해서 서로의 자리를 물어보고 아까 나에게 내리라고 했던 운전기사는 무슨 일이냐고 물어보면서 상황을 확인한다. 그 노부부네 가족이 마음대로 앉아 있음을 이제 인지했는지 중간 지점 탄 사람들이 막 영어로 좌석 보여 주고 내 자리인데 이들이 앉아 있다 이런 식으로 하니깐 그 운전기사는 알아서들 해라 이런 식으로 제스처 보였다.

결국 노부부네는 뒤쪽 자리로 가서 따로따로 앉게 되었다.

지금 다시 생각하면 저 상황에서 떼쓰는 아이 같기도 했다. 나름 영어와 행동을 했지만 결론적으로 영어만 한 거 봤을 때는 "내 자리야."만 반복했다.

4-16

호텔인데 물이 안 나와요

나는 여행을 다닐 때 호스텔과 민박, 호텔을 번갈아 가면서 다녔다. 경비를 아끼고자 호텔은 중간중간 넣으면서 개인 정비를 하거나 개인의 시간이 필요할 때 넣었다. 가격 대비 저렴하게 좋은 시설을 사용해 보고 가격 대비 불편했던 시설도 사용해 봤다. 오늘은 호텔 숙박하기로 한 날인데 외관부터 당황스러웠다.

'호텔로 들어가는 문은 두 개인데 위치가 다를까.'

체크인을 하고 나서 궁금증이 풀렸다. 보통 로비에서 체크인을 하면 방에 가기 위해서 안쪽으로 들어가지는 걸 생각하는데 이번 호텔은 카운터에서 체크인을 하면 문을 열고 밖으로 나가서 들어가지게 되어 있다. 그렇다고 키를 눌러서 올라갈 수 있는 건 아니고 그냥 문이 열려 있었다. 계단을 올라가면 바로 숙박하는 방들이 있었다. 이 숙박에서 머무르는 동안에는 내 방문을 잘 잠갔는지를 계속 확인하였다. 방에 입성하는 순간 나는 새로운 직업을 갖게 되었다.

'창문을 열어야 빛이 들어오겠다. 저기 있는 벽지 톤을 밝게 바꾸고 조명만 더 달아 주고 싶네. 어이쿠 콘센트는 조심히 사용해야지.'

바닥이 삐거덕거리거나 천장에 모래가 떨어지는 그런 건 아니었지만 단지 인테리어 시공사가 된 느낌이었다. 짐을 풀기 전 화장실이 급해서 화장실 사용 후 물을 내리는데

"탈칵탈칵."

물이 안 내려가진다.

"틱띡틱띡."

세면대 손잡이를 올렸다 내리는데도 허무한 소리만 들렸다.

'이래서 방 볼 때는 무조건 수압 체크는 필수구나.'

예상하지도 못한 상황에 멍하게 있다가

'물은 영어로 water, 안 되다가 영어로 no?'

이 두 단어만 가지고 로비로 가서 직원에게

"my room no water."

어떻게 내 영어를 한 번에 알아듣겠는가 상대방은 배려하지 않은 자기 주장 강력한 언어인데

"showe 쏴아아아."

내 몸을 열심히 문지르고

"but."

두 손을 모아 내미는 행동을 하고

"no water."

손으로 엑스를 표시를 했다.

"ok."

직원 전화기를 들어서 확인하겠다는 표현을 하였다.

'잘 전달이 된 거 같구만.'

뿌듯해하고 다시 방으로 돌아와서 기다리고 있는데

"따르르릉."

'아이 깜짝아 이 와중에 전화기는 있었네.'

"hello."

"(영어, 영어)"

방에 전화기가 있다는 생각을 안 하고 있다가 전화가 오니깐 깜짝 놀라서 전화를 받았더니 지금 확인하고 있고 수리공이 갈 거니깐 기다리라는 이야기였다. 그렇게 기다리고 있는데 수리공은 오지 않았다. 짐을 풀고 조금 정리를 하고 밖에 나가서 먹을 거 사 오고 싶은데 마냥 기다릴 수밖에 없었다. 15분이 지나도 아무런 소식이 없어서 다시금 로비로 내려갔다. 나는 전화기를 사용하지 못해서 내 두발을 사용했다. 나는 아무 말 없이 카운터에 서서 직원을 쳐다봤더니 직원은 기다리라고 했다. 다시금 방에 들어와서 기다렸다.

그리고 10분 후

"똑똑똑, hello."

수리공이 들어와서 열심히 수리를 하고 물 내려가는 걸 보여 주면서 이제 괜찮다고 확인을 시켜 줬다. 나는 고맙다는 인사를 한 후 수리공이 가고 나서야 짐을 풀었다. 아저씨는 내가 수리하는 걸 지켜보는 줄 알았겠지만 혹여나 화장실 변기 뚜껑 열까 봐 계속 지키고 있었던 건 모르실 거다.

4-17

외국인한테 라면을 쏟다

스위스에 가면 인터라켄과 융프라우를 다들 가라고 추천하지만 내가 가는 날에는 날씨가 좋지 않아서 계획을 안 했다. 그래도 스위스 가는 기차 안에서 보는 풍경으로도 충분히 행복했기에 기분은 좋았다. 유럽 중에 스위스는 물가가 비싸기로 유명한데 정말 그러했다. 유럽은 돈을 지불하고 화장실을 가는데 스위스에서 화장실을 가려고 했더니 한 번 들어갈 때 한국 돈으로 이천 원 정도를 내고 들어가야 됐다. 대부분 천 원 안쪽으로 돈을 지불했는데 여기는 두 배로 들어서 놀랐다. 그렇다고 화장실이 더 좋은 건 아니고 똑같은 화장실이었다. 이러했기에 스위스에서는 호스텔에 머무를 수밖에 없었다.

공용 주방에서 봉지 라면 뽀글이를 먹기 위해 갔더니 같은 방을 쓰는 외국인 여성분이 계셨다. 살짝 눈 인사를 하고 커피포트에 물을 끓이고 뽀글이 준비를 했다. 물을 붓고 나무젓가락으로 잠시 고정을 시키고 그릇을 꺼내려고 잠시 몸을 돌린 순간

"oh my god."

옆쪽에서 여성분의 다급한 목소리에 돌아봤더니

"i'm sorry!!!"

나 또한 다급하게 여성분께 외쳤다. 상황인즉슨 여성분이 요리 준비를 하다가 나의 뽀글이를 치셨는데 그게 그대로 여성분 바지에 쏟아진 상황이었다.

"i'm sorry, i'm sorry."

나는 몸을 숙여 여성분의 바지를 옆에 있던 휴지로 닦아 주면서 계속해서 미안함을 표현했다. 여성분은 바지 빨면 된다고 괜찮다고 했지만

"hot water, are you ok? i'm sorry."

'뜨거운 물을 바지에 쏟았는데 괜찮을 리가 없겠지. 다행히 바지가 얇아 보이지는 않아서 다행인데.'

여성분은 괜찮다고 계속 이야기하고 맛있게 먹으라 하고 주방을 나갔다.

'망했다. 괜찮을 리가 없지. 그리고 같은 방인데 내가 불편해서 안돼.'

나는 다급하게 로비에 있는 음료수 자판기를 향해 음료 한 캔을 뽑아서 여성분을 찾아다녔다. 여성분은 방에 앉아서 다른 바지로 갈아입고 있었다.

"for you my mind."

뽑은 음료 한 캔을 내밀고 이야기했는데 괜찮다고 해서 나는 다시 한번

"no, no, for you i'm sorry my mind."

웃으면서 음료 한 캔을 받아 주셨다. 사랑 고백하듯이 음료를 전달하고 성격 좋은 외국인 여성분이라 다행이라 생각을 했다. 다시 주방에 와서 라면을 먹으면서

'뽀글이는 전투 식량이 맞네.'

4-18

유럽 여행은 후반부로

마지막 여행 목적지는 이탈리아다. 이탈리아는 그냥 집에 가기 위한 수단이었다. 유럽을 한 바퀴 도는 것에 목적을 두었고 영국에서부터 밑으로 내려오는 코스를 정했기에 출발지는 영국 런던이고 도착지는 이탈리아 로마였다. 위에서부터 내려오다 보니 점점 더워지는 것을 느끼는 상황이었다.

런던을 시작했을 때는 5월 초여서 다소 쌀쌀한 날씨를 느끼면서 여행을 했는데 점점 내려오다 보니 이탈리아는 6월이였고 몸이 녹는 날씨를 느끼고 있었다. 이번 여행에 목적은 사진을 남기는 것보다 유럽을 한 바퀴 도는 것이 목적이었기에 사진을 남기기 위해 예쁜 옷을 가져오기보다 나의 안전과 편리를 위해 입고 버릴 수 있는 옷을 가지고 왔다. 중간중간 여행하면서 버릴 건 버리고 새로 살 건 사는 식으로 여행을 즐겼다.

어느덧 여행이 후반부로 가고 있으면서 시원섭섭한 감정이 들고 있다.

4-19

떡볶이 회동

유럽 여행 중 한인 민박집은 3번 정도 이용했다. 민박집은 한국 사람들이 주로 머물다 보니 한국인들이 반갑기도 하면서도 어색하기도 했다. 민박집마다 분위기는 달랐다. 아침에 밥 먹을 때 같이 여행 코스 계획하면서 사람들끼리 편하게 해 주는 주인도 있었고 어느 민박집은 정말 자기 할 일만 해서 밥 먹는 달그락 소리만 들리는 민박집도 있었다. 주인의 성향에 따라 분위기 또한 바뀌기도 했다.

오늘 민박집은 분위기를 만드는 주인이었다.

"저녁에 모여서 떡볶이랑 과일 먹는 시간 가져요. 각자 먹고 싶은 것 있으면 사 오세요."

나는 단지 오랜만에 먹는 떡볶이가 먹고 싶어서 참여한다 하고 음료를 사 가지고 참여했다. 그날 저녁에는 숙박하는 사람들끼리 모여서 서로 여행했던 것도 이야기 나누고 이것저것 먹기도 했다. 마침 그날 저녁이 축구 u20하는 날이라 같이 보면서 승부차기 순간도 보고 4강 진출하는 것도 보았다. 뭐든지 이야기하는 곳에는 대화를 이끌어 주고 재미있는 사람이 있어야 분위기가 좋은 거 같다. 어떤 분이 이야기하면 분위기가 싸해지다가도 어떤 분이 이야기하면 모두 깔깔 웃으면서 이야기했다. 다행히 민박집 주인은 재치 있는 분이라서 분위기를 적당히 조절해 주셨다.

9시에 만나 이야기 나눈 후 새벽 1시에 마무리하는 즐거운 시간이었다.

4-20

뚜벅초는 뚜벅뚜벅

이탈리아는 정말 더웠고 그중에 로마는 정말 녹아내리는 날씨였다. 날도 더운데 여행은 끝나 가는 시점이라 체력이 많이 고갈된 상태였다.

'조금 걷다가 대중교통 타야지. 어? 관광지네.'

이렇게 로마는 조금 걷다 보면 관광지고 또다시 조금 걷다 보면 관광지였다. 런던에서는 날씨가 너무 오락가락해서 우산을 썼다면 로마는 내 정신이 오락가락해서 우산을 썼다.

'여행지에 기록을 남긴다면 나는 나의 발자취를 남기겠어.'

모든 여행지에 내 발걸음 남기기 위해 나는 여행하는 동안 걸어 다닐 수 있는 거리는 모두 걸어 다녔다. 올라갈 수 있는 곳은 두발과 계단을 이용하여 올라 다녔고 탈 수 있는 것은 각 나라별 다양한 대중교통을 이용하였다. 가끔은 렌트를 할까 생각을 하다가도 영어도 못하는데 렌트하는 건 도전과 열정을 넘어선 위험 요인이다.

4-21

유럽 여행을 마무리하며

5월 7일부터 시작해서 6월 20일까지의 유럽 여행. 여행의 마지막 날인 6월 18일이다. 이제 내일이면 비행기를 타서 한국에 간다.

처음 유럽 여행을 생각할 때는 '비행기 티켓부터 끊고 나야 이루어진다.'란 생각에 겁 없이 런던 입국에 로마 출국이라는 긴 여정의 43박 45일짜리 티켓을 끊었었다. 결제를 완료한 순간 '나도 가는구나. 신난다.'라는 생각에 처음에는 좋았지만 점점 날이 다가올수록 '어디서 자야 되지? 뭐 해야 되지? 어떻게 이동하지?' 걱정과 두려움과 또 막막하기까지 했다.

'가고 싶은 나라를 정해 보자. 그다음 차례로 나라를 이동할 교통수단을 알아보고 숙박을 알아본 다음 무엇이 보고 싶은지 알아보자.'

차근차근 풀어 가면서 하나하나 유럽 여행을 준비하였다.

다 준비가 되고 든 생각은

'영어는 어떻게 하지 유럽은 소매치기가 유명하다는데. 아 근데 이상

한 사람 만나면 어떡해.'

또 새로운 걱정과 두려움이 가득했지만 모든 일정을 마무리한 지금은 '참 별의별 걱정을 다 했구나. 저런 걱정도 했었지. 근데 그런 걱정을 했기에 더 철저하게 준비를 할 수 있었지.'

새로운 추억과 경험을 쌓은 지금은 너무 뿌듯하고 내 스스로가 자랑스럽다.

4-22 여행 경비

여행 기간 : 43박 45일

여행 경비 : 약 700만 원

비행기 값 : 아시아나 항공, 왕복 100만 원

숙박비 : 약 300만 원

교통비 : 약 100만 원

개인 지출 : 약 200만 원

4-23

유럽 계획 방법

유럽 여행은 나라를 먼저 정하고 가고 싶은 도시를 정했다. 그리고 각 도시마다 가고 싶은 여행지를 찾고 도시에 머물고 싶은 일수를 정했다. 그다음 숙박을 알아본 후 도시를 이동하는 방법을 알아보면서 다시금 숙박을 알아보는 과정을 반복을 하면서 숙박과 교통을 하나하나 해결했다.

숙박과 교통을 해결한 후 그 후에 구체적으로 여행지로 이동하는 방법을 알아내면서 교통 방법을 알아보았다. 구체적인 계획이 끝나고 나면 숙소 체크아웃 후 짐을 가지고 이동해야 할 때 장소를 미리 구글 지도의 로드뷰를 보면서 찾아보았다. 여행에 대한 모든 계획이 끝났을 때부터는 여행에 필요한 짐을 하나하나 사기 시작했다.

이렇게 유럽 여행을 계획했다.

4-24

숙박과 이동한 나라

숙박은 여러 곳을 번갈아 다니면서 지냈다.

호텔 17박, 호스텔 13박, 한인 민박 10박, 무박 3박 이렇게 숙박을 지냈다.

나라별 이동 경로는 여러 곳을 다니면서 위에서 아래로 차근차근 내려오는 것을 계획했었다.

영국-프랑스-스페인-프랑스-독일-오스트리아-스위스-이탈리아, 총 8개국 나라를 다녔다.

도시별 이동 경로를 보면 런던-파리-바르셀로나-니스-프랑크프루트-뮌헨-잘츠부르크-취리히-베른-밀라노-피렌체-로마, 총 12도시를 방문했다.

4-25

느낀 점

유럽 여행 = 유(YOU)럽(LOVE) = 당신을 사랑하는 여행

나 자신을 알게 되고 그로부터 행복하고 추억과 경험을 쌓으며 깨닫게 되는 값진 경험, 이것이 유럽 여행이다.

5. 싱가포르 여행

5박 7일(2019년 9월 16~21일)

D-1

캐리어를 보면서 대견하다고 느꼈다. 짐이 각자 자리를 아는 것처럼 안정적이었다. 동남아다 보니 옷의 부피가 줄어들어서 캐리어 자리 남는 게 어색하기도 했다.

5-1

놀이 기구 줄인 줄 알았는데 방 탈출하다

내가 해외여행 중 동남아를 가려고 하면 제일 가고 싶었던 나라는 싱가포르다. 치안도 좋고 깨끗하다는 소리를 예전부터 들었고 놀 거리와 즐길 거리와 볼 거리가 함께 있다 보니 가고 싶었던 나라였다.

'우기는 피해 가고 너무 무더운 날은 피해 가야지. 그럼… 9월이 좋겠다.'

여러 고민 끝에 9월로 잡고 동남아를 갔지만 날씨가 더운 것은 어쩔 수 없었나 보다. 오늘은 싱가포르에서 놀 거리를 즐기는 유니버셜 스튜디오를 가는 날이다. 오사카 유니버셜은 몇 시간 전부터 사람들이 줄을 서 있다고 해서 9시 오픈임에도 불구하고 7시 40분에 도착했을 때 줄이 엄청 길어서 고생했는데 들어간 후에도 한참 기다렸었다.

그로부터 세 달 후 친한 선생님들끼리 유니버셜 갔을 때는 마침 회담도 열리는 시기였어서 9시 오픈 시간에 가깝게 도착했는데도 기다림 없이 쭉쭉 들어가고 놀이 기구도 바로바로 타면서 놀았던 경험이 있었다. 그럼 경험을 기억해서 싱가포르는 규모가 크지는 않아서 10시 오픈인데

9시까지는 가자는 생각으로 갔었다. 8시 50분 정도에 도착했는데 사람들은 10명 정도 밖에 없었다.

'나의 예상보다 사람들이 없네. 어? 저기 사람들 조금씩 줄 선다. 나도 가서 줄 서야지.'

사람들 옆 라인으로 줄을 서다 보니 일등으로 줄을 섰고 입장쇼도 구경을 했다. 일등으로 들어가니깐 30분 만에 베스트 3는 다 타면서 놀았다. 규모가 작고 오늘따라 사람도 없어서 놀이 기구 줄을 서지 않고 바로 바로 들어가서 놀이 기구를 탈 수 있었다. 원래 기다리기 위해 줄 같은 것을 빙빙 돌리고 돌려서 줄을 세우는데 그런 거 없이 들어가자마자 그런 줄을 이정표 삼아 성큼성큼 걸어서 탈 수 있는 상황이었다.

또 다른 놀이 기구를 타는 줄로 입장을 했다. 아무 생각 없이 앞사람 따라서 줄 가는 대로 쭉쭉 가는데 앞사람이 갑자기 멈춰 서는 거였다.

'아 깜짝아 갑자기 멈추면 어떻게 무서워서 타기 싫어졌나?'

계속 서 있어서 그냥 먼저 가려고 하는데 나도 멈춰 섰다. 앞에 길이 없고 막힌 곳이었다. 그 뒤로도 6명 정도의 사람들이 따라 들어오고 있었는데 모두가 멈춰 서서

"(각 나라 언어)"

웅성웅성 다들 당황스러웠는지 각자 나라의 언어를 시작하였다. 8명 정도의 사람들은 한 팀이 되어 왔던 길을 다시 돌아가면서 탈출을 시작했다.

'아니 이게 무슨 상황이야. 놀이 기구 타러 왔다가 방 탈출을 하고 있네.'

신기하게도 서로가 의지가 되는지 흩어지지 않고 뭉쳐서 어딘지 플래시 비치면서 길을 찾고 있었다. 이미 안으로 들어와서 어둡고 길은 안 보

이다 보니 이 줄이 저 줄 같고 저 줄이 이 줄 같고 너무 복잡하기만 했다. 각 나라별로 이야기하는데 상황을 들어 보면

'거기는 아니다. 비상구다. 여기는 길이 없다. 거기로는 내가 가 봤다.'

이런 느낌의 행동과 대화가 오가는 상황이었다. 나는 중간에서 조용히 사람들이 움직이는 거 구경하면서 이리 가자면 이리로 가고 저리로 가자면 저리로 가면서 따라다녔다. 결국 무사히 탈출해서 놀이 기구 타는 곳으로 갈 수 있었다. 탈출했던 경로를 생각해 보면 막혔던 곳에서 조금 뒤로 가서 옆으로 빠지면 놀이 기구 타는 경로였다. 사공이 많으면 배가 산으로 간다는 말은 이럴 때 쓰이는 거 같다.

5-2

한국인의 정

여행을 다니다 보면 패키지 사람들을 자주 보는데 주로 어르신들을 많이 보았다. 아무래도 연세가 있다 보니 패키지로 가족이나 친구들끼리 부부끼리 모여서 다니는 걸 많이 봤다. 호텔 앞 편의점에서 간단한 주전부리를 살 생각으로 편의점 들어가서 주전부리를 고르고 있었다. 50대 아줌마들 3명이 들어오면서

"우리 먹을 거 좀 사고 가이드 먹을 것 좀 사 드리자."

'아 패키지 팀이구나.'

간식을 고르면서 계산대 주변에 있는 음료를 보고 있는데

"korea."

"예스 노쓰 코리아."

'에? 무슨 노쓰야. 노쓰는 북한이라고. 아이고야. 그냥 코리아라고만 하지.'

다시금 주전부리를 고르고 있는데 이번에는 아줌마랑 점원이랑 말로

실랑이를 하고 있는 거였다. 상황을 들어 보니 아줌마들은 싱가포르 돈이 없고 미국 돈만 있는 상황이었다. 직원은 거슬러 드릴 수 있는 미국 돈이 없다고 싱가포르 돈을 달라고 이야기했지만 달라라는 소리만 듣고 계속 미국 돈만 내미는 상황인데 옆에 아줌마는

"우리 이 돈밖에 없잖아. 이 돈 아니야?"

서로 언어가 안 되는 상황이고 직원은 난감해하고 아줌마들은 계속 이해를 못 하는 상황이었다.

'아이고야. 도와드려야겠다.'

나는 아무 말 없이 점원한테 내가 가지고 있는 싱가포르 돈을 주면서 아줌마들을 가리켰고 점원은 그 돈을 받았다.

"아니야. 괜찮아. 괜찮아. 괜찮아요."

'괜찮아요. 우연히 한국 사람 만났다 치고 그냥 드세요.'

이렇게 속으로만 생각을 하면서도 내가 좋은 사람이었다는 걸 인정받고 싶었는지.

"아니에요. 지나가다가 좋은 사람 만났다 치고 드세요."

얼마나 건방져 보였을까. 스스로가 인정받고 싶었나. 이게 무슨 말인가. 이미 뱉어진 말이라 나도 당황스러웠다. 아줌마들은 내가 대신 계산해 준 거에 당황해서 그냥 고맙다고 계속 이야기하신 후 음식을 들고 나가셨다. 가벼운 정도의 액수여서 도와줄 수 있는 부분이었다. 아줌마들이 나간 후 나도 계산하려고 하는데 점원이 너도 한국인이냐고 물어서

"yes, i'm Korean."

한국인의 정이 이런거에요라는 기분으로 당당하게 이야기했다.

5-3 여행 경비

여행 기간 : 5박 7일

여행 경비 : 약 170만 원

비행기 값 : 대한 항공, 왕복 50만 원

숙박비 : 호텔 5박 80만 원

개인 지출 : 약 40만 원(입장권과 교통비 포함.)

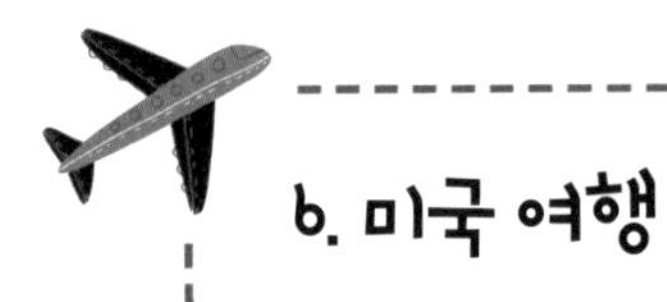

6. 미국 여행

15박 18일(2019년 10월 15~31일)

D-1

'나 미국 가.' 되게 아련한 말이었다. 예전부터 사람들이 미국으로 유학을 가다 보니 미국 간다고 이야기를 뱉으면 여행을 간다는 것보다 공부하러 간다는 기분이 들었다.

이젠 여행 짐 챙기는 것에는 선수가 되었다. 올해 마지막 여행이 되다 보니 시원섭섭한 감정이 들었다.

6-1

미국 입국 심사

해외여행 간다면 미국에 한 번 정도는 다녀와야 여행이 마무리되는 기분이 들어서 미국을 마지막 해외 여행지로 잡았다. 미국은 라스베이거스 때문에 택한 거였고 나머지 로스앤젤레스에서는 여행보다는 미국 분위기는 이렇구나만 느끼고 싶었다. 미국 입국 심사는 워낙 까다롭기로 유명했다. 미국은 불법 체류자로 인해 특히 혼자 오는 20대 여성을 가장 많이 의심하고 질문도 많이 한다고 했다. 예상 질문과 답변을 계속 생각하고 연습을 하면서 비행기 내리자마자 입국 심사대로 향했다.

입국 심사 전 ESTA로 비자 신청한 걸 뽑는데

"한국어 눌러. 한국어."

한국인이 많다 보니 안내하시는 외국인들도 능숙하게 한국어를 하셨다.

"가, 가, 가. 빨리빨리 가."

줄을 이동할 때도 능숙하게 한국어를 하시는 모습에 놀랐다.

'괜찮아 런던에서도 긴장했었는데 케이스 벗겨 와 왜 왔어, 이 두 가지만 물어보고 끝났잖아. 괜찮을 거야.'

걱정과는 달리라고 이야기하고 싶었는데 내 눈앞에서 벌어지는 모습은 그렇지 않았다. 나이 드신 아저씨들은 두 가지 질문 정도만 하고 보냈는데 20대이고 혼자인 여자에게는 여러 가지 질문을 하고 심지어 말이 안 되자 통역관을 불러서 이야기하면서 한참 걸리는 상황을 보았다.

'아… 쉽지는 않겠다.'

내 차례가 되어 심사대 앞에 서서 최대한 밝은 미소를 유지했다. 40대 초반 남자 심사관이었다.

"hello."

밝에 웃으면서 여권과 비자 신청을 내밀었다.

"how are you."

"I'm fine thank you."

남자분이 하 와 유를 묻는 순간 초등학교 때부터 배웠던 'I'm fine thank you and you.' 반사 신경처럼 튀어나왔다. 엔유에 가기 전에 입이 멈춰져서 다행이었다. 남자 심사관은 내 대답에 눈썹을 들썩거리면서 미소 지었는데 장난꾸러기 기질이 있어 보였다. 괄호 안은 심사관이 영어로 질문한 상황이다. 물론 존댓말이었겠지만 내가 들었을 때 기준이었다.

"(왜 왔어?)"

"travel!"

"(미국은 처음이니?)"

"first? yes, first time."

"(혼자 왔어? 친구는 없어?)"

"no friend, alone one person."

"(오, 멋진데. 여기 다음으로 어디 갈 거야?)"

"going? going to Las Vegas and Los Angeles."

"(여기가 로스앤젤레스야. 라스베이거스도 가는구나. 그럼 라스베이거스 묵는 숙소는 어디야.)"

잠시 당황했다 저걸 다 영어로 말하니깐 너무 길어서 다시 이야기했던 단어를 생각했다.

"Los Angeles stay? stay hotel."

"(숙소 이름이 뭔데.)"

머무르는 호텔 이름을 말하고 난 후

"(너 한국인 맞아? 일본인 아니야?)"

"no Japanese. i'm Korean."

"(나도 너 한국인인 거 알아. 여권이 한국 여권이잖아.)"

장난스럽게 내 여권을 보여 주면서 이야기했다.

"(돈은 얼마 가지고 왔어.)"

"money? 음…. 천 아니 one thousand dollar cash and card."

심사관은 질문이 끝났는지 고개를 끄덕끄덕이고 지문과 사진, 도장을 찍고는 보내 줬다.

'휴…. 입성해서 다행이다. 근데 엄청 이것저것 물어보네.'

심사관이 무게 잡고 물어보지 않고 편하게 물어봐서 나도 편하게 대답할 수 있었던 것 같다. 이제 다 끝났겠지 해서 짐을 찾고 나가는데 길에 비자 종이를 제출하는 곳이 있었다.

'저기다 내고 나가면 되는구나.'

자연스럽게 내고 나가려고 하는데 갑자기 심사관이 왜 왔냐고 물어보았다.

"travel!"

"(얼마나 있을 건데.)"

"how long? two weeks."

손가락 두 개를 브이하듯이 짜잔 보여 주니깐 지나가라고 했다. 정말 20대 혼자 오는 여자에게는 다양한 질문을 하는구나 느끼면서 미국에 도착했다.

WELCOME
TO Fabulous
LAS VEGAS
NEVADA

6-2

터프한 여자 운전기사

로스앤젤레스에서 라스베이거스로 넘어가기 교통 방법은 버스를 선택했다. 미국 허허벌판을 운전하는 것이 로망이이었지만 허허벌판에서 혼자 운전만 계속하면 정신이 혼미해질 것 같아서 렌트는 포기했었다.

여자 운전기사였다. 해외 버스를 많이 타 봤지만 이렇게 거친 기사분은 처음이었다. 운전은 터프하게 하셔서 처음으로 멀미가 느껴졌다. 여태 여행 다니면서 버스를 장시간 타면서 이동했지만 멀미는 못 느꼈는데 처음으로 느껴졌다. 출발한 지 15분 정도 지났을 때 기사님은 통화를 하는데 갑자기 격양된 목소리로 화를 내자 운전이 더 거칠어졌다.

'제발 살살 운전해 주세요.'

괄호 안은 여자 운전기사가 영어로 이야기한 상황이고 내가 들었을 때 기준이다. 기사님은 마이크를 잡더니

"(지금 돌아가야 되는 상황입니다.)"

'에? 돌아간다고? 어디로? 무슨 소리지.'

다시금 들어 보니깐

“(50분에 출발인데 저희가 2~3분 빨리 출발했습니다 근데 사람이 안 탔다고 돌아오라고 하네요.)”

버스 안에 있던 사람들은 술렁이면서 무슨 말이냐고 이야기했고 기사님 자기도 화가 난다면서 운전이 더 거칠어졌다.

‘기사님 그렇다고 감정적으로 운전을 하시면 안 되죠.’

되돌아가는 느낌을 한국으로 보자면 북천안에서 출발해 고속도로 타고 가고 있는데 안성 휴게소에서 다시 북천안으로 돌아 가는 상황이었다. 그렇게 다시 돌아왔는데 사람이 아무도 없었다.

“(사람이 없잖아. 이것 봐 봐요. 사람도 없는데 돌아오라고 이야기하면 어떡합니까. 10분 정도는 기다릴게요.)”

온갖 리액션과 격양된 목소리로 이야기한 후 기다리는 데도 사람이 안 오니깐

“(사이트에 오늘 있었던 일 작성하세요. 이런 황당한 상황을요.)”

흥분된 상태로 이야기하고 다시 거칠게 운전을 시작했다. 버스 안 사람들은 무슨 일이냐면서 술렁술렁거리고 나는 울렁울렁, 기사님이 화난 게 운전대에서 느껴지면서 내 멀미가 시작되는 것이 느껴졌다.

6-3

여행 중 첫 투어

여행 중에 투어를 신청한 적은 한 번도 없었다. 다양한 투어들이 있었지만 내가 관심이 없는 투어이기도 했고 직접 움직일 수 있어서 투어 신청을 안 했었다. 하지만 땅이 큰 미국에서 투어 신청을 안 하면 어떤 곳은 입장하기도 어려웠다. 제일 큰 것은 대중교통으로는 갈 수 없는 곳이라 투어 신청을 했다. 당일로 모든 관광지를 보고 오는 것을 미리 한국에서 신청을 하고 투어 날이 되어서 전날에 공지 시간에 맞춰 차를 타러 갔다.

내가 첫 번째 픽업이라서 새벽 2시 40분에 차를 탔고 3시에는 모든 투어 사람들이 차를 타서 가이드님의 일정을 들었다. 4시간 30분을 차로 이동을 하면서 중간에 조식으로 맥 모닝을 먹고 홀슈스밴드에 갔다가 엔텔로프캐년갔다가 점심으로 중식 뷔페를 먹고 2시간 30분 이동해 그랜드캐년 갔다가 저녁으로 인앤아웃 햄버거 먹고 4시간 30분 다시 돌아오는 길에 별 보면서 사진 찍는 아주 알찬 투어였다.

투어는 가이드가 알아서 해 줘서 좋았지만 시간에 쫓기는 게 아쉬웠다. 나중에 다시 간다면 시간을 갖고 천천히 돌아다니면서 풍경을 더 느끼고 싶었다.

6-4

미국 문화

미국에는 미국의 다양한 문화가 있다. 초·중·고 책에서는 배우던 미국 문화가 눈앞에 있으니 신기하기도 했다. 첫 번째로 "how are you."는 정말 기본 인사였다. 우리가 안녕하세요 인사를 하는 거처럼 기본적인 인사 방식이었다. 처음에는 반사적으로 "I'm fine thank you."가 먼저 나왔지만 나중에는 "good."이라고 대답을 했다.

두 번째로 재채기를 할 때 옆에 사람이 "Bless you."라고 이야기하는 것 또한 자연스러운 행동이었다. 처음에 재채기했는데 옆에 있던 아주머니가

"Bless you."

"아아, thank you."

갑자기 무슨 소리이지 했다가 고맙다는 인사를 하는 것도 예의라 들었었다. 어떤 날에는 미국 청년이 마트에 나오는데 재채기를 계속하는 거였다.

옆에 있던 친구가 "Bless you."라 말하다가 계속 재채기하니깐 친구가 "what's up."라고 이야기도 하였다. 다양한 나라의 문화를 배울 수 있었다.

6-5

영어 이름이 생기다

상대방이 나한테 이름을 물어보는 경우는 두 가지 경우가 있었다. 숙소에서 체크인할 때, 패스트푸드점에서 주문할 때 숙소에 이름을 확인할 때 한국 이름으로 사용했기에

"yeon su."

이렇게 내 이름을 적거나 예약 이름을 말하면 대부분 직원들은 "연수"라고 해서 그렇게를 많이 들었다. 패스트푸드점에 주문을 하고 이름을 할 때는 간단하게

"an"

성을 이야기했지만

"ahnna?"

"yes."

새로운 영어 이름을 안나라고 받기도 하였고 다른 곳에서도 이름을 묻길래

“an”

성을 이야기하면

“ann?”

“yes.”

새로운 영어 이름 앤을 받기도 하였다. 외국인들이 직접 지어 준 영어 이름이라고 나는 생각했다. 안나, 앤, 2가지를 주로 받으면서 사용했다. 뚝심 있게 계속 “안”이라고 외쳤지만 한 번도 안이라고 불린 적이 없었다.

여행 기간 : 15박 18일

여행 경비 : 약 350만 원

비행기 값 : 아시아나 항공, 왕복 85만 원

숙박비 : 호스텔 4박, 호텔 11박 160만 원

캐년 투어비 : 20만 원

개인 지출 : 약 100만 원(입장권과 교통비 포함.)

LONDON
Singapore
LOS ANGELES
ROMA
OSAKA
Los Angeles
UNIVERSAL STUDIOS
UNIVERSAL STUDIOS
Praha
PARIS
DISNEYLAND

다음 시는 여행을 마무리하면서 지은 시이다.

메모

꿈이 현실로 이루어지는 순간
끝이 없는 다시 시작되는 순간
기억하고 싶다

내 눈앞에 펼쳐진 풍경들
누구도 방해하지 않는 자유함
나누고 싶다

두려움이 가득했던 모습
드라마 같았던 상황들
돌아보고 싶다

롤러코스트처럼 정신 없고
롤러장처럼 빙빙 돌았던 시간
리셋하고 싶다

마음처럼 되지 않았지만
몸이 따라 주지 않았지만
미련 없고 싶다

방패만 가득하고 창은 없고
불안하고 초조했던 난
발전하고 싶다

소중했던 추억과 경험
서 있는 곳이 믿기지 않았던 장소
시간을 멈추고 싶다

안 될 줄 알았지만 되었기에
이렇게 좋은 기회였기에
이 순간 욕심부리고 싶다

자연이 주는 아름다움
즐겁고 행복한 모습들
저장하고 싶다

처음이라 모든 것이 낯설던
창피하고 민망했던 것
추억으로 남기고 싶다

코끝에서 느껴지는 향기들
쿨하고 핫했던 날씨들
카메라에 담고 싶다

터벅터벅 힘없이 걷던 날
티 안 나게 힘들었던 날
털어 버리고 싶다

파란만장했던 여행
팔랑팔랑 뜬 내 마음
포장하고 싶다

행복한 순간
하하호호 웃으며
함께하고 싶다

여행 시작과 끝을 시로 표현을 하는 의미로 ㄱ~ㅎ까지를 사용한 시이다.

1년 충분히 놀고 여행의 여독을 풀기도 전에 다녔던 원에 자리가 생겨서 바로 일을 시작했다. '1년 동안 잘 놀았나요?'라고 질문한다면 후회하지 않고 너무 잘 놀았다. 1년 동안 여행을 다니면서 돈에 쫓기지 않고 충분히 즐기는 것이 목표였기에 충분히 즐길 수 있었다. 난 그 목표를 충분히 이루고 아쉬움 없이 즐겁게 놀 수 있었다.

'그럼 돈은 얼마 들었어요?'라고 질문한다면 일 년 놀았던 금액은 총 1700만 원 정도였다. 사람들이 많이 움직이는 시기를 피해서 다니다 보니 저렴하게 다닐 수 있었다.

'많은 나라를 다녔는데 어떻게 가능했어요?'라고 질문한다면 모든 여행의 시작은 비행기 티켓을 사는 것이었다. 비행기 티켓은 2018년 하반기부터 준비를 하고 끊기 시작했고 보통 6개월 전에 미리 티켓을 끊었다.

숙박은 2019년, 여행이 시작되는 해부터 가고 싶은 곳을 정하면서 숙박을 알아보고 찾기 시작했다. 보통 출발 3개월 전부터 미리 숙박을 찾고 교통권을 끊었다.

10대에는 학창시절 추억을 이야기 할 수 있게 되었다.

20대에는 해외여행에 대한 추억을 말할 수 있게 되었다.

10대는 자동으로 만들어진 추억, 20대는 투자로 만들어진 추억.

30대는 어떤 추억을 만들고 싶은지 고민하면서 책을 마무리한다.

오사카 유니버셜스튜디오

홍콩 디즈니랜드

파리 디즈니랜드

싱가포르 유니버셜스튜디오

L.A 유니버셜스튜디오

ISTJ의 나 혼자 여행기

초판 1쇄 발행 2022년 7월 22일

지은이 안연수
펴낸이 이기봉
편집 좋은땅 편집팀
펴낸곳 도서출판 좋은땅
주소 서울특별시 마포구 양화로12길 26 지월드빌딩 (서교동 395-7)
전화 02)374-8616~7
팩스 02)374-8614
이메일 gworldbook@naver.com
홈페이지 www.g-world.co.kr

ISBN 979-11-388-1131-6 (03810)

• 가격은 뒤표지에 있습니다.